Eckhard Henscheid

10:9 für Stroh

Eckhard Henscheid

10 : 9 für Stroh

Drei Erzählungen

Alexander Fest Verlag

10:9 für Stroh

Wieso, warum, weshalb ich selber eigentlich nicht besser daheimgeblieben, sondern mit zu Greifs Rigorosum, zu seiner noch ausstehenden mündlichen Doktorprüfung an der Universität Baden-Baden hingefahren bin, das könnte ich heute, ein paar Wochen später, seltsamerweise gar nicht mehr so genau sagen. Denn zu suchen hatte ich dort nominell bzw. funktionell recht wenig, genaugenommen nichts. Eher schon plausibel die Gründe, welche den Chef, Schummetpeter, als Teilnehmer zu dieser Prüfung trieben. Neinnein, es ging da ja nicht nur um ideellen Beistand für seinen Mitarbeiter bzw. Jung-Kompagnon Greif. Sondern der »Chef« (ich schreibe ihn hier aus Gründen mal in Gänsefüßchen) hatte meines Erachtens ganz praktische und realistische und sogar letzten Endes auch materielle Gründe dafür und ein veritables Interesse daran, daß Greif hier den letzten kleinen Rest für seine im Grunde schon erledigte und abgelegte Dissertation machte und absolvierte und endgültig seinen Doktor baute, seinen lang schon überständigen Doktor fertigmachte und bastelte, nachdem das Schriftliche, eine Arbeit über irgendeinen mittelalterlichen römischen »Anonimo«, schon, wie ich auf der Hinfahrt im Auto aufschnappte, vor einer ganzen Reihe von Jahren bestens getätigt worden war. Dieser »Anonimo« liege heute sogar bereits gedruckt vor, in einem Spezialverlag, der freilich keine Honorare zahlen könne – worauf jedenfalls dann vor zwei-drei Jahren Greif – etwas vorschnell? eines Gehalts bedürftig? – in Schummetpeters Konstanzer Institut über- und eingetreten war, m. W. immer unter der Kondition, daß er es später doch noch mache und machen dürfe und so seinen praktisch schon gebongten Doktor zu einem definitiven Abschluß brächte.

Naja, und da sollten wir übrigen Institutsmitglieder oder jedenfalls Institutsmitarbeiter, also Gries, ich und gewissermaßen auch Schummetpeter selber, wohl so eine Art ideelle Beistände bei dieser erst mal letzten Tour de force bilden, speziell Gries und ich wohl auch so eine fixe Größe als Claque bei der abendlichen Siegesfeier – ja, und unterwegs, in Freiburg, war dann auch noch die Epps, Schummetpeters Ehefrau oder jedenfalls Freundin (da gingen die Auskünfte etwas durcheinander, vor allem seitens Schummetpeters), zugestiegen, aufgekratzt kichernd in unseren großen Volvo zugestiegen, nach hinten zu mir und Greif – Greif, der trotz all seiner zur Schau getragenen Ruhe und wohl auch inhaltlich begründeten Souveränität seine Unrast und Unruhe, so eine irgendwie höhere Art von Zerstreutheit und Abwesenheit nicht so ganz zerstreuen oder jedenfalls verleugnen konnte – obschon ich meinerseits die Legende, die dann in den nächsten Tagen wohl spaßeshalber aufkam, hier schon mal einhellig zurückweisen kann, Greif habe jetzt im Auto noch dies und jenes memoriert, ja »gebüffelt« – kein Wort wahr: Er schaute nur etwas starr und geradeaus vor sich hin aufs Band der Autobahn und schlug nach meiner Erinnerung nur einmal kurz den

Kulturteil der FAZ auf, um ihn dann, ohne irgendwas gelesen zu haben, sofort wieder zuzuschlagen.

Dr. Frank O. Schummetpeter, der Chef also, fuhr den Wagen selber, wie ein Symbol höherer Zusammengehörigkeit gewissermaßen von Herr und Knecht (oder eben doch: Herr und Substitut), von beider gemeinsamer Herrschaftsüberwindung – er fuhr ihn selber, von Konstanz bis Baden-Baden, und das wirklich toll: nämlich meist nicht unter 190 Stundenkilometer – auch die Epps schien davon ganz begeistert. Wobei ich hier doch sagen muß, daß die leichte Seltsamkeit der Tatsache bzw. des Plans, daß Greifs Rigorosum uns allesamt – Schummetpeter, Gries, die Epps und mich – als Augen- und Ohrenzeugen sehen sollte, erklärlicher wurde nicht allein durch das seitens Greifs im Erfolgsfalle in Aussicht gestellte Festabendessen als Abschlußfeier: Im Falle unseres gemeinsamen Chefs, Schummetpeter, lag durchaus auch darüber hinaus ein starkes Interesse vor, daß Greif reüssierte und heute seinen Dr. heimbrachte: Als dem Chef des mehr oder weniger von ihm selbst gegründeten und in die Welt gesetzten »Instituts für angewandte Trend- und Kommunikationswissenschaften« zu Konstanz sowie – und an diesem Titel lag ihm scheint's fast noch mehr – »Senioreditor« seines gleichfalls selbstgegründeten Hausblatts »Libero« – Untertitel: »Für Wendekultur und Kulturwende« – hatte Schummetpeter meines damaligen Wissens ein durchaus reelles Interesse daran, die (wenn ich es so formulieren darf) aura academica seines Instituts im Rahmen einer allgemeinen und plausiblen Geschäftstüchtigkeit zu unterstreichen; speziell im Hinblick auf die uns neuerdings assoziierte und schon ältere und über die Landesgrenzen hinaus wohlbekannte Lindauer »Gesellschaft für deutsche Sprachentwicklung« mit ihrem Haufen von Professoren und wissenschaftlichen Zuarbeitern. Wogegen in Schummetpeters Verein außer seinem eigenen Doktortitel diesbezüglich bisher eher Sense war, so erfreulich die Umsatzzahlen auch seit 1989, also seit knapp zwei Jahren, in die Höhe geschnellt waren – jedenfalls angeblich geschnellt waren.

Ich komme drauf zurück. Übrigens war auch der sogenannte Vize-Juniorchef und Partner Gries – er zählt erst 25, Schummetpeter kaum 32, Kinder also im Vergleich zu meinen 49 – erst unlängst von seinem Chef dazu angehalten worden, sich gleichfalls umzutun und in seiner Freizeit seinen Doktor zu machen oder wenigstens seinen M. A. nachzuholen. Ich selber war und bin derartigen Scherereien weniger ausgesetzt: Als freier Mitarbeiter, der sich fast nur um die Registratur und ums Archiv sowie um die sogenannte Hardware kümmert, stand und stehe ich natürlich auch nicht so im Rampenlicht wie Schummetpeters übrige Leute. Sieben sind es m. W. inzwischen, finanziert seit Ende '89 durch Bundesgelder; mit einem Wort, und ich hoffe, ich tue hier niemandem unrecht und verrate kein Staatsgeheimnis, durch den ja wohl eigentlich der DDR zugedachten Solidarbetrag.

Recht warm war's inzwischen geworden. Wir brausten dahin. Lediglich einmal schaute Greif, wir fuhren gerade im Windschatten des Schwarzwalds auf unser Ziel zu, kurz und wie zur Sicherheitsprüfung in ein Buch, spitzte prüfend und wägend die Lippen, lächelte ein bißchen und aber wie ironisch und zugleich wie wehmütig und von innen her erleuchtet oder jedenfalls schimmernd – und steckte sodann das rosane Büchlein wieder in seine Tasche, eine Art Einkaufstasche mit jugendstilartigem Blümchenmuster. Nein, ängstlich und bleich wirkte Greif mitnichten, auch wenn ihm da heute einiges bevorstehen mochte, bei drei Einzelprüfungen eine wahre Tortur de force, ein richtiger Triathlon. Sondern eher etwas abwesend mahnte er mich, in höheren spirituellen Regionen schwebend. Immerhin trug Greif auch einen dunklen, wohl anthrazitschwarzen Anzug mit seltsamerweise sogar einer Fliege überm weißen Hemd, die aber m. E. der erwünschten akademischen Aura nun gerade weniger gut zu Gesicht stand. Greifs Gesicht, nein, es war da aber keineswegs bleich und käsig, wie es dann später, auf der Heimfahrt, aber wohl mehr im Spaß, seitens Schummetpeters behauptet wurde. Sondern sein gleichaltriger Freund Greif, so mein Eindruck, wußte sehr wohl um seine hohe Qualifiziertheit, war sich seines Know-hows quasi durchaus selbstgewiß – auch wenn er nun, wegen der Konstanzer Geschäfte der Wissenschaft und dem Wissenschaftsmilieu schon etwas entfremdet und werweiß von daher ein bißchen verunsichert sein mochte. Übrigens erkannte ich das von Greif weggesteckte Büchlein mit einem Seitenblick als eine Auswahl kleiner Prosa von Rudolf Borchardt – noch immer besinnlich lächelte, zwischen mir und Epps placiert, Greif, während Frl. oder Frau Epps gerade Gries vor ihr aus irgendeinem Grunde fröhlich kreischend auf die Schulter haute –, lächelte Greif wissend, wie fast erleuchtet und aber auch recht leckerhaft vor sich hin und lehnte es dann gleich drauf auch ab, aus der von seinem Chef und Chauffeur hingehaltenen Spitztüte mit der lockenden Aufschrift »Take it easy« etwas zu entnehmen. Schummetpeter freilich warf sich im nächsten Moment von dem weißen und pillenförmigen und m. W. der Gemütsaufhellung dienenden Zeug gleich drei Stück in den Mund, warf fast gleichzeitig ein Automusikband mit italienischen Arbeiter- und Partisanenliedern an (an »Bella ciao« erinnere ich besonders unangenehm berührt) und steigerte das Tempo mit spürbarem Vergnügen auf 200. Keine fünf Minuten später wurde die Stadtsilhouette von Baden-Baden sichtbar.

Die Universität von Baden-Baden, eine dieser neuen und sog. Reformuniversitäten aus den 70er Jahren, liegt etwas außerhalb der Stadt – um uns nicht verfrüht durch dieses neumodische und ja immer etwas neurotische Campus-Umfeld die Laune nehmen zu lassen, verweilten wir noch eine gute Zeitlang in der schönen und nicht zuletzt von Dostojewskis Romanen her vertrauten Kur-Altstadt – hoher Mittag war's inzwischen, und Schummetpeter spendierte uns allen eine große Pizza beim Italiener und küßte dabei einmal wie flüchtig sogar seine Epps (man erschlage mich, ich kann mir ihren Vornamen einfach nicht merken, vielleicht ist »Epps« es ja selber, nämlich eine Koseform von Eva-Pia oder gar Eberhardina oder sowas) – genug, sei's wegen der drückenden Julihitze, sei's daß ihm die Prüfungsangst nun doch als Muffensausen an die Nieren ging: etwas überraschend bestellte sich nun, während wir vier anderen uns mit einer Cola begnügten, Greif ein großes Bier, einen Halbliterkrug, und trank es sofort fast ex weg, gleich drauf sogar ein zweites, von dem er allerdings kaum den Schaum wegnippte und dann aber schon reichlich ratlos wirkte und offenbar gerade wegen des Biers richtig hypernervös. Und er uns vielleicht eben deshalb nun doch stark drängte, aufzubrechen und jetzt schnellstens zur Uni zu fahren – er, Greif, sagte er wie versteift und zugleich träumerisch absent, möchte uns da auch ja noch einige Stätten seines damaligen und früheren Wirkens zeigen – wenn ich das recht verstand, war Greif bis vor drei Jahren hier also so was wie der Subassistent oder immerhin Tutor bei Bock, seinem Professor und sogar Ordinarius, gewesen, und hatte da an der neuen Uni hier also derart residiert, daß er sie noch immer wie seine eigene Westentasche kannte.

Ich erinnere mich heute, nach Wochen, noch genau, daß in dieser Phase des anbrechenden Nachmittags, beim halb gemächlichen, halb aufgedrehten Schlendern durch den meiner Einschätzung nach recht häßlichen, aber wenigstens gut schattigen und weitgehend angenehm kühlen Universitäts-Klinkerneubau (viel Graffiti an der Wand, man kennt das ja), keineswegs Greifs etwas abwesendes Gebaren Anlaß zur Beunruhigung gab; sondern vielmehr beunruhigte und nervte mich persönlich jetzt ausschließlich Schummetpeters Auftritt: Wie er da gleichfalls und seltsam genug im dunklen, sogar pechschwarzen Anzug durch die Seminarflure walzte, den eher kleinen und knubbelig gedrungenen und schon in frühen Jahren recht ausschweifenden Körper vorwärtsschob, den Kopf nach vorne gestreckt wie neuigkeitsgierig, die Hände dazu strikt in den Hosentaschen, dabei der überaus speckige weite Hosenboden aber doch herunterhängend bis zur Kniekehle beinahe, so schlaff und weit und achtlos und der universitären Aura schon gleich gar nicht achtend –: irgendwie überwölbte mich da stark das Gefühl, das konnte und konnte nicht durch- und gutgehen, weder für die aura academica noch für einen Institutschef, der jetzt auch noch den Arm um Eppsens Schulter geschlungen hatte, während Gries steif wie ein

Ulan neben ihm herschritt – und schon, keine Minute später, war es passiert:

Greif wollte uns da m. W. zu Stroh, einem der Prüfer, ins Sprechzimmer mitnehmen, uns ihn jetzt schon vorzustellen und vielleicht derart auch Stimmung zu machen – er suchte deshalb rasch an einer bzw. sodann mehreren Seminarraumtüren nach dem rechten Namensschild, richtig hektisch, während wir wohl durchgehend leis kicherten und quiekten – da, eine Türe tat sich auf, und heraus trat ein Mann in Greifs Alter, der mir gänzlich unbekannt war, der uns fünf aber jetzt allesamt mit Handschlag begrüßte und beinahe flüsternd mitteilte, er habe uns schon erwartet und durch seine Zimmertür hindurch an unseren Stimmen erkannt. Sehr wohl sei ihm auch bekannt, daß in 18 Minuten das Rigorosum anhebe, er selber sei als forensischer Publikumsteil wegen einer Tutorenkonferenz bzw. einer Beerdigung dafür leider nicht abkömmlich, er wünsche uns aber alles Glück, und er persönlich sei sich auch absolut sicher, daß er, Greif, es heute ganz locker, ja »mit links« schon schaffen werde. Und er bitte nochmals äußerst um Pardon und Nachsicht.

Tatsächlich schien Greif den jungen Mann zu kennen, der ihm nun auch noch fest und wie beschwörerisch mutzusprechend mit beiden Händen in beide Hände griff und uns aber allseits anerkennend zunickte – schien ihn zu kennen als ehemaligen Kollegen und Kommilitonen, es mochte ihm die Begegnung aber andererseits nicht recht recht sein, oder jedenfalls falsch terminiert, Greif stellte ihn uns aber dann doch in einem etwas verhuschten Wortwechsel comme il faut als Pütz (oder dergleichen) vor – sein, Pützens, Auftauchen stellte sich dann aber sofort als ein wahrer Segen heraus, denn siehe da, es ergab sich, daß Greif, dem Pütz jetzt nochmals alles Glück der Erde wünschend mit beiden Händen in beide Hände faßte, einfach die Lage der Sprech- und Amtszimmer verwechselt hatte bzw. gar nicht mehr wußte, oder es war inzwischen eben wieder alles umgestellt worden – Strohs Sprechzimmer lag danach auf der anderen Seite des Parterrekorridors gegenüber, mit ausgestrecktem Arm und immer wieder wies uns Pütz die Richtung, wir sagten Pütz also Ade und durchschritten sodann eine Art tatsächlich sehr sonnigen Lichthof –

– nun nun aber geschah etwas recht Eigenartiges dergestalt, daß Greif nun ganz rasch und ohne zu zögern an der von Pütz bezeichneten Tür pochte, diese dann (jetzt erst waren wir vier Mitkommer langsam nachgerückt) auf ein vernehmliches »Herein!« nur fix einen Spalt öffnete und dem hinter der Tür Befindlichen – offenbar Stroh – seine Ankunft und gewissermaßen Startbereitschaft mitteilte, mit heller Stimme und in frohgelauntem Ton rief, daß es seinetwegen ja nun losgehen könne oder dergleichen. Und noch ehe aber keine fünf Sekunden später ein gut mittelgroßer und kompakter älterer oder jedenfalls nicht mehr ganz junger Mann, zweifellos Stroh, vor seine Tür getreten war, nach dem rechten zu schauen bzw. uns willkommen zu heißen, war Greif (mit uns vieren immer im Schlepp) mit überaus großer Behendigkeit und auch wie boshaft aufwieglerisch wieder ins Halbdunkel des anderen Flurs zurückgewichen; von wo aus nur der etwas eigenwillig erhobene Arm Schummetpeters den sichtlich ratlos vor seiner Tür stehenden Professor wiedergrüßte, während Greifs hohe und sehr schlanke Figur im schwarzen Anzug wie sich verbergend sich gegen die Wand drückte, ganz nach der

Art von Kindern, die beim Klingelputzen davonrennen und sich dann flugs verstecken.

Ich wußte mir damals das meiste noch nicht recht zu deuten – wenn ich es heute, inzwischen nicht mehr ganz unkund der beiderseitigen Interessen und Leidenschaften, im nachhinein bedenke und halbwegs zusammenreime, so war es hier, war es exakt hier, daß Greif an dieser Stelle seinen ersten Punkt machte. Ja, tatsächlich, Greif, obwohl er zu diesem Zeitpunkt vielleicht noch gar nicht auf Kampf eingestellt war, beansprucht zu diesem Zeitpunkt ja auch vor allem durch den Streß eines knapp bevorstehenden Rigorosums, wollte es vielleicht hier noch gar nicht drauf ankommen lassen, auf ein Match, und landete gleichwohl auf diesem Geleise, diesem Nebengeleise, schon vor dem Match einen Überraschungscoup, seinen ersten Point. Tja. Ich selber wußte ja bis dahin noch nicht gar viel oder allenfalls aus allerlei Andeutungen während der Schwarzwaldfahrt von all diesen Dingen – und daß wir also in Stroh innerhalb der prüfenden Professorenschaft den Haupt- oder sogar einzigen Widersacher oder doch jedenfalls Nichtwohltäter zu sehen und zu suchen und seine erwartbaren Finten möglichst rechtzeitig zu erkennen hatten, um sie parieren zu können, ggf. eben auch, wie ich heute ahne, eben präventiv – und ich jedenfalls vermochte ad hoc also keineswegs, sondern nur aposteriorisch bzw. post festum resp. nach geschlagener Schlacht zu taxieren und ganz zu ermessen, was es strategisch oder jedenfalls taktisch bedeuten mochte, zuerst ganz frischfröhlich bei Stroh zu klopfen und dann wie überfroh und munter sofort wieder zu verschwinden, um ihn, Stroh, wie einen begossenen Pudel im Wind stehen zu lassen –

– bzw.: seitens Greif ihm nur mal kurz vorm Kräftemessen die eigene mitgebrachte Kampfmannschaft vorzustellen, wie man das früher von Indianern las: also Dr. Schummetpeter, Gries, Frl. Epps und schließlich mich. Gewissermaßen die geballte Jugendkraft wider Strohs unterm Strich vielleicht ja doch überlegenes Wissen.

Wobei speziell ich in meiner ungeschriebenen Eigenschaft als Aufpasser oder auch als psychologischer Beistand bei dem ganzen Rigorosum nicht allein der zunächst Ahnungsloseste war, nein, auch Schummetpeter und seine restlichen Leute schienen da keineswegs so ganz eingeweiht und »in« und up to date – nein, aber ich schmeichle mir sogar mit der Ansicht, diesbezüglich rasch aufgeholt und das meiste ziemlich bald sehr wohl stantepede kapiert zu haben. Zum Beispiel nicht allein dies, daß Greifs gewissermaßen kurzweilige und sportive Einlage so kurz vor den Prüfungstorturen wohl nicht allein, wie ich heute weiß, Strohs Position schwächte; sondern sie machte gewissermaßen und in einem gewissen Umfang auch meine eigene Position etwas lächerlich, funktionalisierte sie in die des bloßen Publikums, der, wie gesagt, schieren Claque hinüber.

Zumal da Greif ja überhaupt in den letzten Minuten immer souveräner und fideler sich dargestellt hatte und weiß Gott wie sicher und putzmunter wirkte, die Sonne hüpfte richtig heiter auf seiner hornbebrillten Nase herum, als wir uns zwei Minuten später vor dem vorgesehenen Prüfungsraum zusammenfanden. Einer der beiden anderen die Prüfung abnehmenden Professoren, Bock, war schon da und am Orte; zu ihm gesellte sich gleich drauf der andere, Stierl – und jetzt erst, als dritter, stieß nun auch Stroh zu uns, recht athletisch ausschreitend und die randlose Brille wie abwartend in der linken Hand – mittlerweile aber hatten Bock, Stierl, Greif, Schummetpeter und wir drei anderen schon einen gleichsam festen Kreis formiert, einen, wenn ich das richtig erinnere, gewissermaßen unentwegt belustigten Kicherkreis, in den hineinzudringen Stroh offenbar nun einige Mühe hatte; Mühe auch, quasi noch vor Prüfungsbeginn seine offenbar doch angestrebte leutselige Konzilianz etwas vorzuführen. So daß er, Stroh, sich nach kurzem Händeschütteln mit Bock und Stierl und dann erst, wie abwesend etwas abseits blickend, mit Greif, sehr bald drauf kaprizierte, mit jetzt auch aufgesetzter, aber gleichwohl auf die Stirn hochgeschobener Brille irgendwelche Veranstaltungsplakate und dgl. am Schwarzen Brett zu lesen. Ja, ich erinnere mich, sonderbarerweise fragte er, Stroh, jetzt, auf ein Joan-Baez-Plakat deutend, reichlich fahrig Schummetpeter und die Epps sogar etwas, womöglich, wann das Konzert und wo stattfinde o.s.ä. Worauf ihm Schummetpeter wohl irgendeine Art Auskunft gab, sich dabei aber seinerseits recht ausladend und wie abwesend an der Hose, an der Geschlechtsgegend kratzte. Von vorne war diese schwarze Anzughose etwas weniger speckig als an seinem jetzt wieder – Schummetpeter hatte sich gedreht – weit, weit, immer weiter durchhängenden Hinterteil. Ich ließe das an Epps' Stelle nicht durchgehen, dieses Durchhängen. Sondern hätte mich geschämt.

Bock mochte knappe 65, Stierl immerhin 58 zählen, Stroh war als Mittfünfziger sicher der jüngste der drei. Das Prüfungszimmer, in welches wir nun alle miteinander eindrangen, schäbig zu nennen, ist eher glatte Untertreibung – wenn man sich an jene Notklassenräume aus der unmittelbaren Nachkriegszeit vergleichend zurückerinnert, dann schmeichelt das eher dem, was Baden-Baden, was die sogenannte Reformuniversität Baden-Baden uns hier glaubte anbieten zu dürfen oder sogar zu müssen. Es war eine Art Grundschulklaßzimmer, an dessen Pulten bzw. Bänketischen wir nun Platz zu nehmen hatten, indessen Greif und seine drei Examinatoren etwas abgesetzt vorne an Tischbänken neben dem Katheder sitzen durften. Ich selber hatte unversehens rechts neben Schummetpeter Platz genommen – neben dem »Chef«, der auch prompt schon einen Notizblock und einen Mont-Blanc-Füller herausgeholt hatte, sich irgendwelche Notizen zu machen und im Zweifelsfall die Beweise nachreichen zu können. Denn Mikrofone und Tonbänder wurden bei dieser Prüfung offenbar nicht verwendet.

Greif saß vom Prüfer-Trio etwas abgesetzt neben dem Fenster und hatte jetzt, seit einigen Sekunden, gesenkten Kopfs die Hände über die Augen geschlagen, auf die Art wohl mehr so pro forma letzte Konzentration auszudrücken. Während Stierl derweil geruhsam irgendwelche Unterlagen überflog, redete jetzt, in diesen allerletzten Sekunden, Stroh geradezu leidenschaftlich und dabei teils wohl belustigt auf Bock ein. Bock ließ es etwas verstockt über sich ergehen – jetzt hielt Stroh seine Brille mit fast geschmerzter Miene ins Sonnenlicht, putzte sie mit einem roten Tüchelchen und postierte sie dann fast feierlich wieder auf die Nase. Stroh trug im übrigen ein gelbliches und kariertes Sakko und darüber sogar ein, wenn ich das recht erkannte, blümchengemustertes Halstuch; bei 31 Grad Hitze fraglos eine Besonderheit.

Es waren außer uns im Publikum – es handle sich um eine öffentliche bzw. jedenfalls offene Veranstaltung, hatte ich von Schummetpeter soeben erfahren – noch ein halbes Dutzend Leute. Ein sehr alter Mann, der mir später als der Theaterkritiker der Stadt eröffnet wurde und der sich, laut Greif, derart aber nur bei Stierl dicktun wollte. Dazu zwei junge und schweigsame Männer, vielleicht gleichfalls Doktoranden. Die Protokollantin hieß Frau Schratt – wieder eine etwas andere Funktion hatte offenbar Milch, der Beisitzer neben ihr. Buchstäblich im letzten Moment kam noch ein zweiter Greis in unsere Prüfungskammer gehastet. Das sei der Baden-Badener Altbürgermeister Stey, wie mir Schummetpeter postwendend und freudig und mit nur mühsam unterdrücktem Kichern noch rasch zuflüsterte.

Es war richtig glutheiß im Prüfungsraum, drinnen wie draußen jetzt sicherlich sogar 33 Grad. Die Protokollantin Frau Schratt winkte Milch, dem Beisitzer, wedelnd zu, er möge doch um Gotteswillen das Fenster aufmachen. Milch arbeitsbereit, aber noch zögernd, erhob sich halb – aber schon, nach raschem Tuscheln mit Bock, winkte vorne Stroh dagegen an und blies das Unternehmen sozusagen ab: Das Fensteröffnen, entnahm man einigen Hin- und Widerrufen, nutze hier gar nichts, heute sei es eben so oder so zu heiß. Greif sah während des derart entstandenen kleinen Gefuchtels wie ergeben gegen die etwas schmuddelige, irgendwie auch fleckige Zimmerdecke, sein Lächeln wollte mir jetzt sogar etwas gleisnerisch, ja snobistisch und zugleich aber pfiffig vorkommen.

Wer weiß war er aber einfach doch nur aufgeregt und drum halt fahrig und durcheinander.

Milch setzte sich wieder hin, Stroh im Sitzen aber teilte uns nun allen mit, man habe heute mittag schon hier in der Uni zwischen den Prüfungsprofessoren das Los um den Prüfungsvorsitz gezogen – das Los habe, »man möge es dem Schicksal nachsehen«, sagte Stroh, ihn, Stroh, getroffen. Die beiden anderen, Bock und Stierl, bestätigten es mit Nicken. Stroh lächelte, sich die Brille erneut zurechtschiebend, gewissermaßen sordiniert, aber doch auch schon eindeutig sardonisch. Machte eine Kunstpause, nahm die Brille erneut ab, sah sie inständig an und setzte sie wieder auf. Von »Moira« möchte er vorerst noch nicht reden, verlängerte Stroh seinen Scherz etwas unziemlich – Greif aber blies da wie spielerisch ein wenig beide Backen auf – nicht ganz klar, ob wegen der Hitze oder im Sinne eben einer gewissen Schicksals- oder gar Moira-Ergebenheit, eben im Sinne Strohs. Gleichzeitig teilte der Vorsitzende nun auch mit, man habe per Los gleichfalls die Reihenfolge der Prüfer bzw. Prüfungsthemen festgelegt, das nun habe sich für ihn, Greif, er sah ihn blitzartig an, schon besser getroffen: Da sei er, Stroh, nämlich zwischen Stierl und Bock der mittlere Mann, und das sei auch ihm gar nicht unlieb: Wenn er, Stroh, sagte er launig weniger ins Publikum als vor sich selber hin, wenn er das recht verstehe, ergehe es ihm da wie den Operntenören, die seines, Strohs, Wissens ja auch immer weder zu früh noch gar zu spät auftreten und drankommen möchten. Und die Situation, spann er scherzhaft und ein bißchen planlos weiter, sei ja auch sonst durchaus vielfach vergleichbar: Wie für einen Tenor sei es ja heute auch für ihn sehr spannend und die Sache keineswegs ganz leicht zu meistern.

Zu meiner Verblüffung war linkerhand Schummetpeter ein kleines, aber deutlich hörbares Lachgemecker entfahren, nur drei-vier karge Töne. Die Protokollantin Schratt dagegen lächelte innig – Milch, der Beisitzer, wußte wohl nicht recht und erlaubte es sich dann aber, mächtig und sogar ein wenig schamlos zu gähnen, ungehemmt riß er den Mund zur Höhle auf und ließ dabei sogar ein kleines stöhnartiges Geräusch vernehmen. Ich aber verfluchte mich in diesem Augenblick dafür, daß ich nach dem Mittagessen und dem schön kühlenden Mineralwasser noch einen Espresso zu mir genommen hatte, denn von dessen klebriger Süße hatte ich zuletzt ganz enormen Durst bekommen – vorne Greif dagegen schien weiter nichts zu fehlen, und auch die drei Prüfer, immerhin schon betagtere Semester, schienen bei guter Kondition und zumindest von daher dem Anstehenden mühelos gewachsen: Stierl bereitete sich während Strohs Unkereien sichtbar auf seinen Auftritt vor, indem er was mit Bleistift notierte, Bock wendete wieder irgendwelche Blätter hin und her, und Stroh, so wollte mich's dünken, mußte jetzt wieder wegen irgend etwas innerlich lächeln oder doch immerhin schmunzeln, nicht ohne eine gewisse Ranküne des offenbar gewiegten und routinierten Prüfungskombattanten, vor allem aber angriffslustig, doch, ja: angriffslustig.

Schummetpeter zu meiner Linken schien es mit einer gewissen Besorgnis gleichfalls zu spüren insofern, als er sich jetzt schon wieder nervös an seinem Unterleib zu schaffen machte, kratzend hintereinander sowohl an seinem Geschlecht als auch an seinem nicht zu kleinen speckhosigen Hintern. Gottseidank, wir saßen ja in Schulbänken wie kleine Kinder, kriegte es sonst niemand mit.

Stierl als erster Prüfer erkundete bei Greif nun die Geschichte, Strategie und Theorie der Mafia heute und gestern oder so ähnlich. Es handelte sich offenbar um Greifs Nebenfach, eine Seitendisziplin, gleichwohl schien der Kandidat gut vorbereitet und offenbar noch immer oder schon wieder ohne jedes spürbare Muffensausen, und zumal ihm der etwas knäbisch und steifhosig wirkende und formulierende Stierl erahnbar wohlgewogen schien, ging erst einmal wunschgemäß alles seinen guten Gang. Stierl, wenn ich es recht verstand, wollte die uritalienische und dann vor allem auch die Chicagoer Mafia insonderheit als »Dienstleistungsform des Beutekapitalismus« verstanden wissen; worauf Greif offenbar wohlpräpariert war, denn er fing den Ball sofort und unverwandt auf und parierte mit überaus beweglicher Miene und vielleicht nur etwas zu öliger Stimme die erste damit verbundene Frage dergestalt, es sei die »mafiose Ethik« eine »aus dem Geist des Kapitalismus, wie es im Buche, nämlich bekanntlich bei Max Weber steht«.

Stierl schien damit erst einmal sehr zufrieden, ja wie erleichtert durch Greifs flotten Einstand – Bock kratzte sich mit einer besinnlichen Grimasse am Kinn, und Schummetpeter klatschte sogar ganz zart auf die Schulbank, wie anerkennend sowohl Greifs flotte und angstlose Rede als auch in gewisser Weise sogar die trübe Ethik der Mafia. Nur Stroh vorne spitzte mehr bedenklich den Mund zur Schnute und notierte sogleich dringend etwas auf einen Papierblock. Schon aber hatte Greif dazu ausgeholt, nur gelegentlich durch Stierls Erkundigungen und Nachfragen gestört, den sich aus »Gewalt und profanem Geschäftssinn« ergebenden »gänzlich eigenständigen Organisationstypus regressiver Modernisierung bei der älteren sowohl als neuen Mafia« zu entwickeln – Greif gewann noch weiter an Fahrt, erinnerte nochmals an die »Bezugsschaukel von protestantischer und kapitalistischer Ethik« und setzte sich dann für eine Weile mit einer Spezialgeschichte aus Palermo auseinander, jetzt offenbar schon richtig warmgeredet, und er lehnte dabei, mit verständnisnahem Blick auf Stierl, sogar durchaus ganz entspannt den Rumpf schräg in die Stuhllehne zurück. Und, auf Stierls Bestätigung hin, ließ Greif, der nun scheint's richtig Feuer gefangen hatte, sodann auch wissen, daß die »sogenannte Pasta Protection in der sogenannten Depressionsära des Chicago der Dreißiger Jahre« seines Erachtens ja eben darin kulminiert habe, daß einer dieser sehr markt- und kapitalismusbewußten Kriminellen dieser Protection oder Connection der Mafiabewegung, Gennaro Calabrese, Greif sprach den Namen betont und schon übertrieben klangschön italienisch und mit fast opernhafter Sonorität aus, in diesem Sinn tätig geworden sei; nämlich 1931 als Eigner einer Pastafabrik den sogenannten »Macaroni and Noodle Manufacturers Club« gegründet habe, jetzt demonstrierte Greif lupenreines Englisch, ja werweiß sogar Chicago-Yankee-Sound oder dgl. Jawohl, also ein »Nudelsyndikat als sozusagen bewaffnete Dienstleistung«, fuhr Greif beinahe ein bißchen hastig und auch recht verwischt und kurzzeitig wie lispelnd fort, habe also dieser Calabrese (ich vermute aus Kalabrien) ins Leben gerufen, »mit dem Ziel der totalitären Kontrolle und Erpressung«, wenn ich das richtig verstanden habe – Notizen machte ich mir damals, anders als der zuweilen etwas aufkritzelnde Schummetpeter, nicht.

Stierl wandte nun doch ein, eine solche Art von

»Marktpflege« sei doch wohl eine womöglich schon deutliche Regressionsstufe von kapitalistischer Raubritterei – hörbar gut gerüstet replizierte indessen schon Greif, Calabreses »Zwangverein« als der »Sachwalter des Kartells« habe zwar »sicherlich nicht Max Weber gelesen« (was Greif erneut einen billigenden halblauten Lacher von Schummetpeter einbrachte), aber doch sozusagen »mit dem Colt verinnerlicht«. Im Überschwang bastelte Greif dann noch ein gewagtes, vielleicht aber ja auch vorbereitetes Wortspiel irgendwie mit Depression und Deprivation in der damaligen allgemeinen Pauperisierung, auch wenn diese der heute manchmal sogenannten Viktimisierung kaum vergleichbar sei. An dieser Stelle von Greifs Solo schien Stroh vorne ein wenig, jedoch erkennbar die Ohren zu spitzen, ja vor allem das linke deutlich anspitzend hochzuheben, und tatsächlich beeilte sich hier Greif vielleicht darum dann sofort, rundend zur Sache zurückzukehren: Erst in der mafiosen Straßenszene der Dreißiger Jahre in Chicago habe der Kapitalismus in einer von Marx noch kaum geahnten Weise das vollendet, was in Palermo seit Anbeginn des 19. Jahrhunderts und überhaupt »an der italienischen Peripherie fern von Rom, wohin sonst doch noch alle Wege führen«, eben sie, »die Mafia sui generis«, sei.

Oder so ähnlich. Ich hatte zuletzt nicht mehr so genau hingehört, weil ich plötzlich an den Gamaschen-Colombo George Raft in meinem Lieblingsfilm denken mußte, und ob der wohl auch in der Zeit der Depression und Prohibition schon gut Max Weber oder gar Luther und Zwingli gelesen habe, und wie der, Raft, wohl hier, so wie im Film vor dem Kleinen Napoleon und seinen beiden Vize-Gangstern, vor dem Gremium Bock-Stroh-

Stierl scharf hergenommen bestehen würde, verirrten sich meine Gedanken ein bißchen und ich entsann mich, daß Rafts Leute ja angeblich auch allesamt an der Uni studiert hatten, Jura, wenn auch nicht an einer so schäbigen Alma mater wie hier in Baden-Baden, sondern laut Gamasche Raft allesamt in Harvard, »all Harvard men«, bedeutet Raft dem Polizeicommissioner Brown –

– Stierl hatte aber auch, kurzum, da offenbar keine weiteren Einwände und schien Greif auch gar nicht weiter in die Zange nehmen zu wollen. Und Greif selbst, nach diesem seinem wirklich bewundernswerten rednerischen Aufwind, ließ es dann im Folgenden auch wieder langsamer angehen bzw. weitertrudeln, Stierl nickte nur noch zuweilen und offenbar rundum befriedigt und manchmal freilich auch mit einer Miene, als ob er es bald leid sei, alles satt habe – aber dann, nach rund einer halben Stunde (24 Minuten erfuhr ich später von Gries, der offenbar mitgestoppt hatte, werweiß prophylaktisch, um später irgendwelche Schadensersatzansprüche zu untermauern), war die Sache fürs erste geschafft und dieser Teil der Prüfung, der da offensichtlich unter dem Etikett der neueren politischen Soziologie stattgefunden hatte, hiermit abgehakt.

Schummetpeter neben mir und nach vorne etwas über die Bank gekrümmt, seufzte schon fast zu demonstrativ durch und raunte mir zu, Greif sei seiner Meinung nach in der Form seines Lebens. Worauf der »Boss« zu meiner kleinen Verblüffung abermals aus seiner Tüte »Take it easy« ein paar weiße Bonbons klaubte und in den Mund warf – wie konnte man nur bei dieser Affenhitze, die doch von sich aus schon so bekloppt machte!

Zweifellos, soviel war mir klar, durch Vorgespräche und mancherlei Eigenbeobachtung, bedeutete der nächste Prüfungsabschnitt für Greif einen härteren Brocken. Nicht allein betraf, was Stroh nun anzufragen und zu disputieren hatte, Greifs Hauptfach, die neuere Kulturgeschichte oder so ähnlich – auch war selbst mir, dem Laien, längst plausibel (wenn auch keineswegs in den ganzen Kausalitäten und Kausalitätssträngen und Winkelzügen), daß Greif und Stroh und umgekehrt einander nicht besonders grün sein konnten, vielleicht aus Alters-, vielleicht sogar aus Gründen des je unterschiedlichen politischen Lagers oder so etwas ähnliches – ich hatte inzwischen irgendwo auch aufgeschnappt, daß Stroh der nicht unrühmliche Verfasser eines Quellenbuchs über »Anthropologische Strukturen der Geschichte« sein solle oder eben war, ein Buch, das sogar in der weltberühmten Suhrkamp Taschenbuch-Reihe erschienen sein soll, erst vor kurzem, als das Pendant und Gegenstück zum gleichzeitig bei Suhrkamp gedruckten, wie es hieß, Epochenwerk »Erläuterungen zur Diskursethik« von Professor Jürgen Habermas. Später erfuhr ich dann allerdings auch, daß einiges, daß so manches zwischen diesen beiden Gelehrten keineswegs Freundschaft war, daß zwischen den beiden ja mitnichten allzeit das reine Vertrauen geherrscht habe. Sondern, laut Greif, der es mir en passant beim Abendessen auseinanderlegte, mehr so etwas wie »gentlemen's friendenemyship« (Greif) – ein bevorstehendes neues Strohsches Buch über »Emanzipation und Integration«, nämlich der deutschen Arbeiter seit 1848, würde, ja sollte sogar auf gut 500 Seiten diese einerseits verklausulierte, andererseits schon unverdeckte Differenz zu Habermasens offener Diskursgesellschaft und Diskussionswissenschaft usw. noch stärker akzentuieren oder sogar vertiefen, sollte das mehr Evolutionäre seines, Strohs, postrevolutionären Geschichtsmodells oder jedenfalls Bebels noch stärker herausmodellieren usf. –

– genug, es war klar, daß es ab jetzt für unseren Mann Greif ein gutes Stück schwerer und heikler werden würde, zumal, wie ich von Schummetpeter wußte, es sich eben auch um Greifs Hauptdisziplin handelte. Im Rigorosumsraum die Luft war zuletzt womöglich noch etwas dicker und stickiger geworden, als Greif nach kurzem Auslauf auf den Gang hinaus sich wieder an seinen angestammten Platz setzte, indessen die Protokollantin Frau Schratt jetzt tatsächlich noch schnell einen Bleistift spitzte, der Prüfer Stroh aber in den verbleibenden Sekunden mit aufgestütztem Ellenbogen, das Kinn in die schützende Hand vergraben, den Blick zur Deckenwand hoch noch wie absent in eine imaginäre Ferne richtete, ohne auch nur ein einziges Mal nochmals in seinen ausgepackten und zahlreichen Unterlagen zu blättern. Greif schien gleichfalls gerüstet, und nach einem winzig knappen und offenbar erheiterten Wortwechsel zwischen Bock und Stierl, die beide auch Milch kurz etwas zuriefen, ging es auch schon wieder los und in die nächste Runde, voll in medias res.

Greif wie Stroh saßen, wie mir scheinen wollte, von den ersten Worten an erkennbar kampffertig, ja in richtiger Kampfhaltung, zwar 90 Grad übers Eck, aber einander doch zumeist um je gut 30 Grad zugewandt, beide zuweilen etwas schräggeneigt, aber aufrecht mit durchgestrecktem Rumpf. Es schien dabei zunächst seitens Strohs in einer kleinen und doch etwas schweifigen Vorrede um die »Intertextualität« der Literatur- und

Kulturgeschichte einerseits, zum anderen um ihre »Medialität« zu gehen, wie Stroh es gleichsam etwas zögernd nannte – insgesamt, wenn ich das hier richtig wiedergebe, könne es dabei aber tatsächlich immer nur um eine »Diskursgeschichte« gehen und sich handeln, der Methodenstreit woge ja, so Stroh, dabei wie eh und je und interdisziplinär hin und her: die evidente Interferenz der historisch manifesten Begriffe »Kritik« hie und »new criticism« da verwirre und beschäftige, teilte Stroh wie weiter ausholend mit, als Parameter oder altneue Paradigmata ja noch immer und etwas ufer-, ja fruchtlos eben die besagte Diskursgeschichte – worauf Greif, ohne direkt schon was gefragt und angesprochen zu sein, die kleine Atem- oder Denkpause Strohs nutzte und seinerseits erstaunlich schnell und sogar ein bißchen vorschnell und naseweis anmerkte, der »allgemeine Diskurs von der Diskursgeschichte« sei ihm, Greif, »etwas zu allgemein und allgemeinkompatibel«, er, Greif, fuhr Greif zügig und vielleicht schon etwas gar zu forsch fort, spreche hier lieber vom »kulturellen Gedächtnis als gewissermaßen identischem Neologismus zum traditionellen und gleichfalls allzu verfügbaren Begriff der Kulturgeschichte« – was aber die Formen von Kritik und speziell Literaturkritik anlange, so sei es da, so Greif, heute entschieden nicht mehr um »die alte Kunst der Exegese alias Hermeneutik als Kunst der Interpretation Emil Staigerschen unheilvollen Eingedenkens zu tun«, sputete sich Greif wieder überaus mundfertig – hier aber nickte Stroh mehrfach, so jäh wie offenbar zufrieden – »noch auch um die alte Chimäre mit dem Dekonstruktivismus«, hastete Greif vielleicht etwas zu früh erfolgsbefeuert voran, welcher ja »unter uns« – tatsächlich nickte hier Greif heiterst und verständnisgewiß lächelnd rasch ringsum ins Publikum hinein und blickte dabei auch mir kurz in die Augen – »und an dieser Universität Baden-Baden mit ihren bekanntermaßen stark Jauss-Turpitzschen Prägungen wissen wir es ganz besonders, wenn auch vielleicht weniger zu schätzen: nur ein runderneuerter Name für den noch älteren Strukturalismus ist und gewesen ist« – hier hatte Greif wohl für zwei Sekunden den Faden verloren, fing ihn und sich aber gleich wieder, um fortzufahren: »So wie eben Habermas' Projekt der Moderne in Tat und Wahrheit eher ein Phantasma der Moderne gewesen« sei – wie heute immer sichtbarer werde: »von dem der Postmoderne nicht mehr zu scheiden, weder zeitlich noch inhaltlich noch semantisch«.

Ruhig und irgendwie nicht uneinverstanden hakte Stroh hier kurz und wie sich hochraffend mit der Frage nach, was das aber für die Kritik und den Kritikbegriff bedeute. Nun, er, erklärte Greif bereitwillig und hier sogar etwas näselnd, bevorzuge heute den im Angelsächsischen sogenannten und schon vorerwähnten Begriff des »new criticism«, der sei einerseits dem »sogenannten common sense« verpflichtet, hebe sich andererseits aber auch »von subjektiver Wahrnehmung und Wertschätzung« in mancherlei deutlich ab, »auch wenn«, so Greif nach meiner Einschätzung wieder eine Spur zu vorschnell und übereifrig und allerdings wieder verblüffend druckreif, »in den speziell deutschen elysäischen Gefilden gelehrter Kennerschaft mit ihrem alteingesessenen Abscheu vor der staubigen Arena der Presse respektive der Medienszene mit ihren neuen Szenarien dies noch keineswegs ganz eingesehen und praktiziert wird. Noch ist dies fürs nächste zu erwarten.«

Wobei und wonach Greif Stroh jetzt so eigentümlich bohrerisch und auch ein bißchen frech ansah, so als ob nicht zuletzt dieser, Stroh, daran nicht zum wenigsten schuld sei. Was aber, ergänzte, ehe Stroh eine neue Frage vorbringen konnte, Greif fix und jetzt sogar deutlich allzu naßforsch, speziell die Jauss-Turpitzsche Schule und Rezeptionstheorie gerade an dieser Universität Baden-Baden hier angehe, so sei es doch einfach so, daß der »mit diesem de Man-Abhub dauernd ins Spiel gebrachte sogenannte Verweischarakter ja letzten Endes nur in der unendlichen Reihe Kodierung, Dekodierung und Neukodierung« sich erschöpfe – »wenn Sie so wollen: die Einsteinsche Zeitschleife in aesteticis«, vollendete Greif hastig und fast triumphal, mir war hier kurzzeitig vom Zuhören etwas taumelig geworden, und Schummetpeter neben mir deutete zwar sofort Anerkennung durch einen leisen Pfeiflaut an, lehnte sich aber auch geschafft zurück.

Auch Stroh vorne schien es soweit zufrieden, er nickte mehrfach wägend und nachdenklich und frug sodann bei Greif an, wie diese heutige methodische Kalamität seines, Greifs, Erachtens zu überwinden sei.

Traditioneller Kritik respektive Werkrezeption sei, wenn ich Greif recht verstand, heute unverbrüchlich Kritik als Institution in der von Kant vorgezeichneten Linie entgegenzuhalten, sagte Greif ruhig und energisch und laut. Worauf, während Frau Schratt, jetzt sah ich's, mit einem Strohhalm aus einem Beutel Milch in den Mund hochsog, Stroh eilig, aber wohl mehr pro forma entgegenhielt, das, dieser Kritikbegriff, sei ihm nun doch noch zu allgemein formuliert – in der Folge dessen ihm aber Greif fast ins Wort fiel und in einem schon wieder recht giftigen Vortrag darauf beharrte, es gehe ihm aber tatsächlich »um diesen allgemeinen Begriff der Kritik im Sinne der Aufklärung als dem Kantschen Austritt aus der ja weißgott selbstverschuldeten Unmündigkeit bei aller kurrenten Mundfertigkeit unserer heutigen Kultur«, rief Greif keck und werweiß sogar recht aufgewühlt und jedenfalls auch etwas rabulistisch; Kritik in der von Kant und Nietzsche »und, wir wollen ihn hier nicht vergessen, Jakob Burckhardt« vorgezeichneten Linie; »Kritik wenn auch nicht unbedingt in der von Kritischer Theorie, wie wir sie hier alle ja sattsam kennen: als auf die Banausie von Gegeneinverständnis heruntergekommener mulmiger Gemeinplatz, als tausendfache Klischeewerdung in die Feuilletonistenmünder hinein entschärfter Auschwitzverweis«.

Ganz verstand ich hier nicht, wovon Greif da eigentlich und wohl etwas reißerisch redete – der aber schon wieder kurz und wie belustigt in und über die Runde seines kleinen Auditoriums äugte, wahrscheinlich um den Beifall eines schmächtigen und fast unhörbaren Lachers zu genießen, der auch bei seinem neuerlichen Wortspiel, dem mit der Unmündigkeit und der Mundfertigkeit, hinter-halb lautgeworden war, herrührend m. E. von dem kleinen, dürren und in der allerletzten Bankreihe sitzenden Altoberbürgermeister – doch, ja, noch immer lächelte, grinste der ja ganz verschmitzt, gleich wie begeistert. Bock vorne lächelte nach dieser imposanten Greifschen Intrada oder Invektive gleichfalls offenbar einverständig und hochzufrieden, und Schummetpeter neben mir rieb sich sogar in großer Jubelvorfreude das linke Knie.

Stroh vorne aber wartete das Abklingen der kleinen Unruhe ab, rieb sich seinerseits dabei mit der linken Hand inständig den Nacken unterm Halstüchlein, fast demonstrativ, wie geschmerzt, hätte man meinen mögen, und spitzte dabei mehrfach den Mund wie probend. Das Gelbe und Gelbrötlichkarierte, was Stroh da als Sakko immer noch und trotz der Hitze am Leibe hatte (erst in der letzten Prüfungssektion, unter Bock, legte er ihn meiner Erinnerung nach ab), es schien mir plötzlich wie ein Kampfanzug, diese großkariert gelborangene Joppe – aber auch Greifs blauschwarze käferartig schillernde Fliege, gleißend überm Blütenweiß des Seidenhemdes, dünkte mich jetzt auf einmal wie eine Kampfansage. Auch Greif legte übrigens sein Konfirmandenjackett während der gesamten Prüfung keineswegs ab – sondern trug jetzt vielmehr noch rasch vor und nach, die historische Typologie der Hermeneutik einerseits, der systematischen Literaturkritik andererseits, »die viel ältere Poetik und Rhetorik hier mal pro forma und diskurstaktisch vorübergehend zu vergessen« (eine offenbar tiefsinnige Anspielung, die ich aber nicht so ganz verstand, vielleicht eine auf die Taktik und Strategie Strohs, vielleicht auf den Ablauf der ganzen Prüfung da), gestatte heute und ferner keine endgültige Festlegung – »der Befund panta rhei« sei »gegenwärtig schon praktisch Gemeinplatz alles einst sogenannten Methodenstreits ja nicht nur in der heutigen Konsensgesellschaft von Soziologie und Literatursoziologie«, so Greif wieder etwas frech und fast rotzfrech nach vorne zur Prüfergruppe äugend –

– hier aber nutzte Stroh eilig die Gelegenheit, mit erkennbar gerunzelter Stirn und etwas bockig zurückzufragen, ob er, Greif, mit Goethes Theaterdirektor andeuten wolle, wer allen etwas geben müsse, werde vielen etwas geben (ich habe das Zitat etwas anders in Erinnerung) – worauf aber Greif schleunigst und vielleicht gar zu übereifrig und als ob er drauf grad gewartet habe und sich dazu sogar ein bißchen hochschraubend, recht patzig konterte, nein, ganz im Gegenteil, er halte es hier mit der Regel »De omnibus – mit Kierkegaard zu reden – dubitandum, nicht disputandum est«, eine vielleicht mehrfache Anspielung Greifs auch politischer Art, die ich aber so oder so nicht verstand, werweiß wollte Greif hier Stroh auch nur gewissermaßen drohend zu verstehen geben, daß er außer Griechisch auch noch brav Latein konnte; fast auch schien es mir hier so, als wolle er, Greif, den Spieß rechtzeitig umdrehen, mit Pampigkeit Stroh erst mal einschüchtern, dabei so richtig aus Laune ordentlich Zunder und richtig einen draufmachen; vielleicht sogar in der alten Tradition, den Autoritäten zu trotzen und den Muff von tausend Talarenjahren hier sogar bei der Doktorprüfung ostentativ abzuschütteln.

Genug, Stroh schien tatsächlich erst einmal einzusehen, daß hier für ihn kein Durchkommen und kein Blumentopf zu gewinnen war, und er wechselte also, Frau Schratt hatte inzwischen ihre Milch ausgenuckelt und griff wieder zu ihrem Stift, nach meinem Dafürhalten rasch das Thema zu seinem, wie ich mir später sagen ließ, Spezialthema, zum modernen Naturbegriff bzw. also zu Petrarca. In der Tat meine ich hier Schummetpeter neben mir leis aufstöhnen gehört zu haben, und wirklich flüsterte mir der Institutsleiter kurz und beinahe atemlos zu, nun erst gelte es für unseren Freund Greif ja höchste Wachsamkeit, denn hier, in dieser heiklen Spezialsektion, wie ich den Chef verstand, hier allenfalls vermöge Stroh Greif in wirkliche Verlegenheit zu bringen, das sei nämlich Strohs Domäne, von der auch sein nächstes oder vielmehr schon übernächstes Buch handele. Von irgendwoher hörte man in der kleinen Stille eine Kirchuhr schlagen oder läuten, erst viermal, dann dreimal – und tatsächlich, im gleichen Moment hatte Stroh bereits wieder seine Brille aufgesetzt und begann Greif sofort gehörig einzuheizen. Das heißt, Stroh, am geblümten Halstuch ruckelnd, begann nun genau das zu tun, was Greif mir und Schummetpeter gegenüber später grinsend so ausdrückte: Er begann »einfach erst mal mündlich aus diesem Buch in statu nascendi zu extemporieren«, Greif wußte sogar Verlag und Titel, »Vom Schrecklichen zum Schönen«, ein Buch, das er, Stroh, zusammen mit seiner Ehefrau Esther Stroh-Habicht, verfaßt habe bzw. noch verfasse und das nächstes Jahr aber auch schon gedruckt werde – »Esther Stroh-Habicht«, wiederholte, es war da schon spät am Abend um 22 Uhr herum, und wir saßen auf der Gartenterrasse überm Strom, Greif mehrfach und wie begeistert und nippte in allerdings angemessenen Schlückchen immer wieder vom Weine, »ja, seine Frau Esther Stroh-Habicht, hahaha!«

Möglicherweise wußte ja Greif etwas über sie, etwas Verräterisches, irgendwelche pikanten Amouren vielleicht oder etliche wissenschaftspolitische Skandälchen – jetzt jedenfalls, hic et nunc, galt es für Greif erst mal, sich mächtig am Riemen zu reißen. Denn meiner Erinnerung nach legte Stroh nun schon auch gleich vollrohr los, mit sehr elastischem Mienenspiel trug er erst mal in Kurzform die auch mir bekannte und, wie ich nun hörte, äußerst folgenreiche Geschichte mit dem Dichter Petrarca und dem Berg Mont Ventoux vor, welchen er,

Stroh, als Petrarcas »Bekehrungsberg« einerseits, als eine »Metapher fürs Verschwinden von Natur« zum zweiten bezeichnete – und dann, womöglich um Greif etwas unsicher zu machen und zu verschrecken und auch schon vorzuführen, bezog Stroh sich dabei jetzt auch noch sogleich und m. E. schon reichlich penetrant auf allerlei englischsprachige Forschungsliteratur und Buchtitel, wie etwa, wenn ich mir das richtig eingeprägt habe, den Aufsatz »Authority and Truth of Petrach's Ascent of Mont Ventoux« eines gewissen Michael O'Connell oder Colonel, der auch schon im »Philosophical Quarterly« Nr. 62 von 1983/84 – »eine Doppelnummer«, sagte Stroh wie zu sich selber – abgedruckt gewesen sei; was sich seltsamerweise Schummetpeter und eine Bank hinter uns auch Juniorchef Gries aufmerksam und sogleich auf Zettel notierten, mich wundert, daß Gries hier nicht sogar sein kleines drahtloses Diktaphon dazu herauszog und benutzte –

– jedenfalls, daran erinnere ich mich genau, bestätigte Greif vorne nun erst mal praktisch alles und gab Stroh beinahe eilfertig recht, mit verblüffend fester und auch lauter Stimme erklärte er, die von ihm, Stroh, indirekt erwähnte und auf dem windigen Zweitausender von Petrarca also erst entdeckte »voluptas oculorum« sei ihrerseits integraler Teil der schon auf ältere und antikhumanistische Philosophie, ja z. T. auf Boethius zurückdatierende »cupiditas videndi« im Zuge der Danteschen »vita nova« auch usf. – ja, Greif parlierte hier jetzt wieder so naßforsch und sich fast in Rage, daß man das bei einem vier Jahre lang im Priesterseminar Schweiklberg erzogenen jungen Mann, der ja auch heute noch in seinem dunklen Anzug und mit seiner hohen schlanken und ganz fettlosen Gestalt an einen gelahrten und allerdings auch recht alerten und sogar ein bißchen pharisäischen Jesuitenzögling gemahnt, kaum glauben mochte – auch wir vom Begleitkommando waren wohl allesamt sehr überrascht, und Schummetpeter schüttelte sogar leicht den Kopf, aber nicht enttäuscht, sondern vielleicht ja ungläubig im Angesicht solcher Kompetenz, des fast ja schon Numinösen. Und man verstand gut, daß vorne Strohs forciert lockere und geheiterte Miene schon während Greifs erster Kontertirade fix in eine mehr düster besorgliche hinübergefärbt war.

Im übrigen war, wie ich erst viel später in Erfahrung brachte, das Ehepaar Stroh bzw. Stroh-Habicht offenbar ganz unabhängig von dem Lehrstuhl in Baden-Baden auch am oder im Kulturwissenschaftlichen Institut des Wissenschaftszentrums im seit Vorväters Zeiten sozialdemokratisch regierten Nordrhein-Westfalen (Rau!) tätig – und, wie ich vermutlich schon auf der Heimfahrt, wahrscheinlich von Greif, hörte, ging dieses offenbar heutzutage durchaus nicht inkompatible Doppelamt noch auf die alten Baden-Badener »Jauss-Turpitz-Connections« (Greif) zurück, und er, Stroh, habe ihm, Greif, in dem Zusammenhang am späten Nachmittag nach der Prüfung auch im Privatissimum (davon später) angedeutet, er, Stroh, könne ihn, Greif, u. U. dorthin empfehlen, sobald bzw. falls er, Stroh, seinerseits selber dem Ruf ans Berliner Wissenschaftskolleg nachkomme und nämlich gleichzeitig den Kieler Soziologenlehrstuhl für Katastrophenforschung mitübernehme, der mit Clausens baldiger Emeritierung vakant würde usw. usf. – wie auch immer: während jetzt im Fortgang Greif, ohne Stroh lang zu fragen, noch ein wenig Petrarcas Bergsteigerpionierleistung auseinanderlegte und gleichzeitig vor allem Petrarcas Begriff des »secretum« urgierte und dringend im Auge zu behalten anriet und dann wieder sogar wie ein bißchen ad libitum italienisch oder sogar Altitalienisch daherparlierte, sogar auswendig ein Gedicht von Petrarca, in dem auch das »bel paese e'l loco« erwähnt und die »begli occhi, che legato m'anno« gefeiert wurden, also natürlich keineswegs die, die vom Mont Ventoux heruntergeäugt hatten, sondern die seiner Laura oder Beatrice oder was, m. W. schweifte Greif (aus Bangnis? mit vollem Mutwillen?) hier schon fast sträflich vom Thema und vom Gefragten ab: derweil wollte sich der sich das die ganze Zeit fast gutmütig anhörende Stroh in der Folge dann auch nicht lumpen lassen, insofern auch er nun wieder vermehrt lateinisch daherzureden anfing, nämlich – was ich mit meinem alten Latinum gottseidank ja alles halbwegs verstand, aber die anderen hier im Saale? – hintereinander von »de curis propriis« und »in extenso« und »tollite, legite« und »intentio unionis« (von der Natur mit Petrarca scheint's) und dann auch seinerseits eine Petrarca-Zeile beisteuerte, die bekannte mit »voi che entrate et lasciate tutti speranza« und dergleichen mehr – und ganz aus war es dann aber bei mir, als Stroh offenbar zur puren Angabe (vor Greif? vor dem Theaterkritiker?) wie in höchster Drangsal zweimal hintereinander »sic rebus stantibus« sagte, fehlte eigentlich nur noch »navigare necesse est«.

Übrigens schien mir Stroh im Lateinischen etwas firmer als im Italienischen; bei Greif stand's hier wohl ziemlich pari.

Ich muß dann die nächsten Minuten über wegen der Hitze oder auch der Erwartungsdauer der noch ausstehenden Prüfung wohl kurz weggenickt oder jedenfalls weggetreten sein – sobald ich dann wieder voll Ohr war, hatte Stroh sich auch offenbar wieder gefangen und war inzwischen auf Dinge zurückgekommen bzw. vorgestoßen wie die »Weltverfallenheit« als »Heilssorge«, nämlich des typischen Renaissancemenschen, wenn ich Stroh recht aufschnappte, »noch weit über Burckhardt und sogar Nietzsche hinaus«. Kurzum, ich hatte den Eindruck, der Prüfling Greif trug zwar zu der Zeit eine besonders hochgemute, ja hochmütige Miene zur Schau, hatte aber jetzt wieder wirklich zu kämpfen, vielleicht erstmals richtig zu kämpfen und sich zu tummeln, um sich da einigermaßen ungeschädigt aus der Affaire zu ziehen – und als vorne Stroh, die abgenommene Brille wie spielerisch zwischen den Fingern baumeln lassend, mit deshalb geradezu wonniger Lächelmiene auf den »Außenweltdiskurs als den« – bei Petrarca? ich war ein wenig konsterniert – »implizierten Innenweltdiskurs« vor dem Hintergrund von »natürlich immer« Hans Blumenbergs »Legitimität der Neuzeit« von 1967 zu sprechen kam – »1966« besserte sich, auf eine Zuflüsterung Bocks hin, Stroh, aber ohne jede Schamröte oder Betretenheit –, da wehrte Greif sich m. E. nur recht matt und deutlich überfordert dergestalt, dies eben, diese »Koinzidenz des Oppositorischen«, sei seines Erachtens eben »die Signatur der Neuzeit«; und, im Nachfassen seine Lage sogar noch spürbar verschlechternd: »Man könnte fast sagen: die Aura der Neuzeit, wäre der Walter Benjaminsche Aura-Begriff nicht schon für die Barockzeit überstrapaziert und ohnehin inhaltlich nie exakt determiniert.«

Die Antwort konnte Stroh natürlich nicht genügen, auch hatte ich den Eindruck, er schien sie auch politisch nicht recht zu goutieren, ja das Ganze des Greifschen Vortrags mochte ihm unbehaglich, beinahe schon widerwärtig sein – Stroh sah gleichsam starr gegen die Fensterscheibe und ließ dann Greif durch ein paar scharfe Rückfragen seinen Groll und seine Erbitterung spüren, Schummetpeter neben mir bedeckte mit der rechten Hand kurzzeitig beide Augen, und Milch räusperte sich hier sogar überdeutlich unwirsch; worauf Greif – dies alles wohl spürend – faktisch übertölpelt und richtig hastig einwarf bzw. nachkartete: »Aura natürlich hier eben nicht als Singularitätskategorie von artifiziellen Werken im Sinne Walter Benjamins!« Was ich persönlich wieder nicht ganz verstand, was aber wohl tatsächlich (ja, ich bin mir da ganz sicher) Greifs Lage erst mal sogar nochmals verschlimmerte, auch Bock und Stierl vorne sahen nun etwas fraglich drein und auf Greif hin – und jedenfalls und gleichzeitig fiel nun mit sogar etwas vorgebeugtem, vorgeschnelltem Oberkörper Stroh wie im Sprung, ja Absprung, ja richtig wie ein hechtender Panther oder sogar (Stroh hat mehr graurötliche Haare) ein Puma über den tatsächlich etwas verdatterten Greif mit dem Ansinnen und der Frage her, ob denn nach seiner, Greifs, Meinung Petrarcas neuer Naturbegriff im Dienste einer ästhetischen Innovation gleichzeitig auch noch im Sinne des alten Parametermodells Antike-Renaissance stehe oder fungiere, quasi als Wiedergeburt von Wiedergeburt – hier aber schien sich nun Greif, dem Schwinden von Verblüffung in seinen momentan unbebrillten Augen nach zu schließen, wieder gefangen zu haben und gut mithalten zu können: ganz ungeniert, ja ungerührt gelang es ihm hier mit ein paar stakkatohaften Sätzen darwiderzuhalten, diese Frage beantworte sich ja nun wirklich gänzlich schon aus dem 14. Kapitel von

Burckhardts Renaissance-Buch, das ja nicht allein wegen seiner unvergleichlichen formalstilistischen Singularität noch heute nicht überholt sei, im Gegenteil, rief Greif freimütig, ja wie kurz beseligt, entfesselt und zugleich schon beinahe entrückt, die Zukunft dieses säkularen und als solches noch immer zu entdeckenden Buchs stehe ja noch in der Zukunft (o. s. ä.), in den Denkkategorien sei es ja auch durch die jüngsten Veröffentlichungen von Groh (ein eher dubioser Mann aus der Jauss-Turpitz-Schule, wie ich später von Greif erfuhr) nicht überholt oder auch nur eingeholt – etwas beflissen zog hier vorne Stroh m. E. beide rötlichbuschigen Augenbrauen über der abermals kampffertig angelegten Brille hoch – und die späteren »Weltgeschichtlichen Betrachtungen« des Baslers, des im Konzert der großen drei Basler Nietzsche-Overbeck-Burckhardt ja keineswegs letzten und mindersten, bestätigten, quengelte Greif noch ein paar Sekunden lang und schon weniger schneidig weiter, nur dies alles.

Magsein, die damit verbundene Reverenz an die Schweiz war eine geheime an Schummetpeters Konstanzer Verein, mithin an uns, seine, Greifs, Prüfungskombattanten; könnte sogar sein, es war ein kodiertes Signal an den »Chef«, daß jetzt alles zum besten stehe usw. – jedenfalls, während Schummetpeter ungerührt, ja etwas versunken blieb, taten jetzt alle im Raum irgendwie, als ob sie Jakob Burckhardts Buch seit mindestens ihrer Schulzeit auswendig in petto hätten (dem Ex-OB traue ich's zu, dem Theaterlaffen mitnichten) – auch Stroh vorne nickte schon mehrfach, wenn schon nicht hochbefriedigt, so doch vorerst ausgebootet. Ich aber nahm mir fest vor, nach unserer Rückkehr nach Konstanz schon morgen den alten Burckhardtschinken endlich einmal aber wirklich auch zu lesen.

Derart abgefedert vom ungeschriebenen allgemeinen Beifall, setzte nun Greif mit leicht tremolierender Stimme an zu einem ja vielleicht wirklich sogar etwas berauschten und aber syntaktisch versierten Monolog über die wahrlich revolutionäre Entdeckung der Landschaft in Literatur und Malerei des gesamteuropäischen sechzehnten Jahrhunderts und weit über die Topik des von Curtius vorgestellten lateinisch-europäischen Mittelalters hinaus, wie jeder hier im Saale wisse – und wieder redete Greif sich im Folgenden derart in Emphase und Rage und z. T. sogar in echte Begeisterung, daß Stroh abermals gar nichts anderes übrigblieb, als in diese Liedweise einzustimmen – redlich räumte er einmal in einer kurzen Replik ein, daß mit dem Manierismus zwar die heutige Moderne vorweggenommen worden sei, der Manierismus sei aber vor allem selber das Moderne gewesen, unkte Stroh etwas schwächlich nach und bequemte sich dann (in der Malerei war er offenbar nicht recht firm) zurecht, wieder besser zu schweigen und sich in sein geblümtes Halstuch zu verschanzen und Greif nur wiederholt bestätigend zuzunicken. Derweil Greif nun scheint's vollends berauscht, noch einmal den »Wandel des neuzeitlichen Naturbegriffs« feierte, sogar als eine »humane Revolution« und als ein »neues oder doch neugeborenes Paradigma des Humanums«, bei welchen Worten er sich sogar einmal werweiß halb absichtsvoll verblümt, halb absichtslos die schmalen Lippen schleckte wie andere, wenn sie vom Deutschland-Italien-Spiel Mexiko 1970 fernhinträumen oder aber von dem schon drei Jahre vorher mit dem famosen Mitscherlichschen

Trauerbuch endlich erfolgten Start der Studentenbewegung. Und Greif ging in getragener, beinahe wieder feierlicher Rede mählich dazu über, diese Naturgeburt als das Humanum irgendwie auch hier und heute wieder zu fordern und einzuklagen, »das Humanum als wahrer und einziger Fortschritt jenseits des obskurantischen Kulturkonservatismus inmitten des entfesselten Kapitalismus und seiner nicht nur entfalteten, sondern, wie man sattsam genug weiß, zerstörerischen Produktivkräfte« unserer heutigen Welt mit ihrem – Greif blieb sitzen, stützte aber beide flachgelegten Hände nachdrücklich, ja enthemmt wider die Tischplatte vor ihm – »infiniten Haben-Haben-Haben-Wollen einer noch immer rechtschaffen unerlösten Rheingold-Welt« –

– ja, Greif war jetzt eine Zeitlang überhaupt nicht mehr zu halten und zu bändigen, sein Geist schien, während Stroh schwieg und sich vorerst nicht mehr querlegte, fernhinschweifend schon in ganz hohen Regionen zu schweben und dabei einen Zahn zulegend aber immer noch edlere und subtilere Zusammenhänge ergrübeln und ertüfteln und feiern zu wollen, er kam dabei m. E. einmal auch völlig aus dem Tritt und vom Thema ab, als er dann doch tatsächlich auch im Sinne Roman Herzogs »wenn schon keinen Ruck, so doch eine Dynamik als Bewußtseinskontinuum dessen und des Historischen katexochen« heischte (hier war dann auch tatsächlich ein kleines und weibliches Glucksen zu vernehmen, aber wohl nicht von der Epps, sondern von Frau Schratt) –

– Greif aber fing sich sofort wieder und fand zu seinem immer versierter schwirrenden Sermon zurück und schwang sich endlich noch zu einer Krönung, ja Apotheose auf dergestalt, erst mit Petrarca (ich gebe es in meinen dürren Worten wieder) sei die moderne Befreiung des modernen Menschen vollständig geglückt, zumindest und jedenfalls »als Potentialis«, nämlich im Sinne (ich hoffe, ich gebe das wörtlich korrekt wieder) des Blochschen »Noch-nicht, aber wieder auch Dochschon«. »Wenn auch«, Greif schmunzelte und bereitete, wie ich ihn kannte, offenbar einen Scherz als Pointenkrönung seiner Rede vor, »wenn auch«, rief Greif heiter, »Petrarcas Bergpioniertat auf unser aller Kosten in Gestalt jahrein jahraus die Alpen erkraxelnder Touristenmassen geht – eine echte Fatalität!«

Etwas beifallsheischend sah Greif endend sich hier um, und tatsächlich erwitterte Stroh vorne seine Chance und seinen Moment, hier wieder mal einzugreifen. Richtig generös nickte er wiederholt in Richtung auf Greif und räumte die Stichhaltigkeit dessen ein, was man eben gehört habe. Indessen, dies sei eben, »was Petrarca noch nicht wissen konnte«, versuchte Stroh ein Zipfelchen von der Heiterkeit, die zuletzt aufgekommen war, zu erhaschen und sich ihrer ebenbürtig zu erweisen, dies sei eben »die Dialektik von Aufklärung als intentionale Befreiung und umgekehrt, mithin eben das, was, wie wir wissen, unser Freund Cusanus, und Goethe rief ihn nicht zu Unrecht als Kronzeugen an« – ab hier verrannte Stroh sich wohl unüberhörbar – »schon vor geraumer Zeit als das benannt hat, was wir Heutigen gerne – und weißgott meist nicht ohne Grund – als negative Theologie bezeichnet haben und gewertet wissen möchten!« –

– hier aber, an dieser Stelle, flüsterte mir Dr. Frank O. Schummetpeter so flugs wie eilends und vor allem aber strahlend vor Genugtuung zu, den gleichen Gedanken habe Hans Blumenberg in seinem Nachlaßband II schon viel stringenter formuliert, und auch bei Habermas, in »Strukturwandel und Sinnlichkeit«, werde diese steinalte Dialektik ganz anders neu thematisiert und gebündelt. Sei's vor Freude, sei's als lautloser Protest, riß Schummetpeter hier kurzzeitig die ein wenig weiblichen Lippen auseinander, ließ die Zunge vorspitzen und zeigte sogar schnell die gelben Zähne. Sodann klaubte er in seinem abgelegten Jackett herum und holte diesmal aber nicht die Spitztüte mit den Pillen hervor, sondern eine angebrochene Pralinenschachtel, aus der er, nachdem er höflich auch mir davon angeboten hatte, drei Stück hervorholte, diese dann mit Stetigkeit kaute und verdrückte.

Ich kann an dieser Stelle es keinem Leser übelnehmen, wenn er sich spätestens hier frägt, ob denn die Detaildarstellung all dieser interakademischen Kleinpikanterien und Großscharmützel, dieser Prahlereien und (ja eben!) Pralinés für meine Darstellung der Greifschen Prüfung wirklich und wahrhaftig so unabdingbar seien, also z.B. daß Stroh und Greif eben mutatis mutandis kluge, versierte, versatile und gewissermaßen auch fuchtelnde Naturen seien, solche, die von Amts und Person und Funktion wegen einander eben deshalb nicht allzu grün sein können; daß insonderheit Strohs Amtierung sozusagen von Gesetzes wegen eben darin bestand, Greif mit Wissen und Wissenszwängen etwas zu strangulieren, zu piesacken und notfalls zu kujonieren und eben nicht oder nur im Ausnahmefall zu petschieren –: das verstehe sich doch von selbst und sei schon seit altersher immer so gewesen. Der Leser hat recht – und auch wieder nicht. Immerhin mache ich es für den Rest kurz oder doch deutlich kürzer, und vielleicht ja auch etwas kurzweiliger. Zumal auch mir damals der Schweiß recht nässend auf die Stirn gesickert war. Ich beschleunige hier insofern als, kaum hatte nach einer winzigen Pause Stroh vorne neu angehoben und nochmals (und etwas besser) das mit Nikodemus Cusanus aufgegriffen, wieder ein Zuruf aus dem Publikum kam (ich bin nicht sicher, aber diesmal wohl vom Alt-OB), mehr ein Nörgeln: man möge jetzt vielleicht doch das Fenster öffnen – worauf zu meiner nicht kleinen Verblüffung der zuletzt stark in sich versunkene dritte Prüfer, Bock, es übernahm, sogleich mit ruhiger, weicher und doch befehlsgewohnter Stimme dies als Zumutung zurückzuweisen: Er, Bock, kenne das nun seit der Gründung eben dieser Universität im Jahr 1976 – ein im Juli aufgerissenes Fenster nütze wegen des hier massiven Kontinentaleffekts des Sommerklimas in der Oberrheinischen Tiefebene nun mal gar nichts und verdüstere alles nur noch. Nicht umsonst rangiere Baden-Baden mit 39,5 Grad Celsius am 1. August 1989 auch an zweiter Stelle in der gesamtdeutschen Thermometerrekordgeschichte. Als härtester Konkurrent von Amberg, welches mit 40,2 Grad Celsius am 27. Juli 1983 noch immer den deutschen Nachkriegs-, ja womöglich Jahrhundertrekord halte.

Worauf die bereits zum Fenster getretene Protokollantin Schratt während Bocks Einwurf auf halbem Weg und recht ratlos stehengeblieben war, schließlich kehrt machte und sich alsbald wieder hinsetzte. Übrigens von Schummetpeter – offenbar dafür – mit einem zarten Knöchelpochen wider die Schulbank belohnt. Der Beisitzer Milch dagegen warf in der kleinen Zwischenpause Greif mit angezogenen Augenbrauen so anerkennende wie aufmunternde Blicke zu.

Stroh, sowie er den Komplex Natur und Petrarca

langsam und gleichwie behutsam beschloß und das Feld räumte, weil er hier auch wohl nichts mehr ausrichten konnte (auch ich hatte das mit dem Petrarca langsam dick), trug eine mehr vernünftelnde, sogar ein bißchen kaustische Miene zur Schau, er kam mir auch immer noch reichlich ratlos vor – weggetreten wäre ein vielleicht zu starkes Wort, währenddessen Greif nun schon seit fast drei Minuten sogar etwas perniziös, ja philiströs durch seine blinkende Brille hindurch schmunzelte, halb vor sich hin, halb wiederum ins ihm sicherlich gewogene Publikum hinein, ganz so, als wolle er sich einen Teil der verdienten Lorbeeren jetzt schon mal abholen. Ich meinerseits fragte mich freilich schon eine geraume Weile, warum eigentlich Greif trotz seiner vorher vor zwei Stunden genossenen zwei Halbeliterkrüge Bier offenbar noch immer nicht pieseln mußte, wo eigentlich diese Flüssigkeit steckte, ob das wohl ernsthaft so sei, daß das enorm viele Wissen sowohl als der gesammelte Prüfungsstreß selber das Wasser wieder im Körper verdampfen ließen – genug, es ging dann im Folgenden gottseidank spürbar von Petrarca weg, hin wohl zu Norbert Elias' Zivilisationsmodell, wo sich Greif, jetzt erneut und durchgehend mit der Brille auf der Nase hinsichtlich der offenbar neueren Kontroversen über die Nacktheitsdeutung, eine Kontroverse wohl vornehmlich zwischen dem toten Elias und dem lebenden Anthropologen Hans Detlev Dürr (o. s. ä.), gut beschlagen zeigte, abermals und mit großer Schubkraft einige brillante Attacken ritt, ja nach meinem Gefühl sogar reichlich vorwitzig gegen jenen Dürr polemisierte und dabei immer wieder unnachsichtig den Kopf schüttelte. Während Stroh vorne gegen dessen, Dürrs, These von der keineswegs primär kulturell konditionierten Nacktheitsscham nur etliche und mehr verhaltene und vielleicht anderweite Bedenken zu tragen schien, legte Greif, indessen Bock jetzt nachdenklich zu den ungeputzten Fensterscheiben hin äugte, mit wahrem Feuereifer erneut los, vorzüglich dergestalt, Dürr mit seinem voraufgeklärten Gerede von der naturhaften Scham falle richtig ins wissenschaftliche Mittelalter, ja ins »Vorweltliche«, so Greif, zurück und fische unweigerlich in trüben Gewässern, ja »im wahrlich mysteriösen Mythischen«, wiederholte Greif aus Mutwillen schon – der Griff nach dem Naturbegriff, so der sich immer noch wärmer und feuriger redende Kandidat, sei praktisch leeres Stroh, rief Greif entflammt – wogegen, so Greif dann etwas unvermittelt, Elias' Modell des Zivilisationsprozesses im Kontext der europäischen Ideengeschichte von Kultur und Natur ja unmittelbar an den berühmten Habilitationsvortrag des grandiosen Historikers Lukas Thommen (ich hoffe, ich schreibe das korrekt) über »Nacktheit und Zivilisationsprozeß in Griechenland« in der unschätzbaren, dann leider aber eingestellten Zeitschrift »Historische Anthropologie« Heft 4 aus dem Wiedervereinigungsjahr 1990 anknüpfe, fuhr Greif immer feuriger, fast ja schon rasend fort und verwahrte sich auch in den nächsten Minuten unbeugsam und aber auch mit kämpferischen Ausdrücken voller Leichtsinn (»Scharlatan«, »Schamane« usw.) gegen Dürr und seine Leute. Dergleichen Phantastereien und Schwärmereien, rief Greif mit Pathos in den Prüfungsraum, seien nichts anderes als unannehmliche spekulative Hirngespinste, vorwissenschaftliche Mythen und Legenden, kurzum leeres Strohfeuer, wiederholte Greif richtiggehend schallend und mit sogar fast ergriffen tremolierender Tenorstimme. »So hanebüchen wie es im Buche, aber keineswegs der Weisheit, steht«, faßte er ein letztes Mal brüsk nach – ich hatte den Eindruck, ein bißchen auch erschöpft.

Greif sei »absolut fabelhaft«, raunte mir Schummetpeter direkt staunend, ja ehrfürchtig zu.

Stroh vorne hatte mehrfach einverständig genickt und schien seinem Mann in mehrerlei recht zu geben. Andererseits in manchen Darlegungen auch einen gewissen inneren Konflikt zu erspähen, immer wieder schüttelte Stroh auch wie schwankend und wägend seinen graugelben Kopf. Dergestalt nämlich, daß, wie Stroh nun mit etwas belegter Stimme vortrug, aus Thommen wie aus Elias heraus sich Dürrs Marschrichtung ja nicht nur zurückweisen, sondern partiell auch bestätigen lasse, sagte Stroh bedächtig und wie im fortlaufenden Sprechen seiner Eingebungen erst recht teilhaftig werdend, insofern nämlich als mit Christus und dem Christentum und seiner schwerlich bestreitbaren Rückkehr zu Scham und Sünde aus der antiken Welt des Begehrens sogar »ein gewissermaßen umgekehrter Zivilisationsprozeß« herausgelesen und -gefiltert werden könne.

Aber hallo! Greifs prekäre, richtiggehend giftgelbe Replik auf Strohs ja auch nicht ganz ungiftigen Vorbehalt oder doch verwahrenden Einwand pro Dürr hatte es aber in sich. Alle Wetter! Schon während Strohs Rede hatte Greif mehrfach wie kaum mehr nachsichtig den Kopf geschüttelt, und der abwehrend halberhobene und pendelartig nach unten ausschwingende Arm hatte immer wieder unnachgiebig den Strohschen Einwand bzw. seine Fürsprache für Dürr zurückgewiesen, und das wie lebenssatte und erhabene Schmunzeln ihn zudem als nicht ganz ernstzunehmen qualifiziert, als gewissermaßen quantité négligeable. Wirklich sehens- und hörenswert, wie Greif da Stroh jetzt erneut in die Parade fuhr! Wenn man schon, rief Greif kraftvoll und mit großem Freimut, es einst versäumt habe, Elias hier in Baden-Baden einen Lehrstuhl anzubieten, so daß der große Mann der deutschen soziologischen Anthropologie zu seiner nochmaligen seelischen Verletzung habe in Bielefeld »im Drittrangigen« sein Auskommen suchen und finden müssen, so rief Greif wie strafend und ohne Not womöglich schon allzu herausfordernd, so möge doch wenigstens »sein Buch, id est sein Lebenswerk« rein erhalten bleiben. Was das heiße? rief Greif, hehr und laut und äugte rundum, und es war, als ob er jeden einzelnen dabei heischerisch ins Auge faßte. Es heiße dies, daß vom achten bis zum vierten Jahrhundert vor Christus die kulturelle Scham, so Greif, ja keineswegs größer geworden sei, nämlich »als Problematisierung von Entblößung«, sondern Christus selber, der verkündete neue Elias, sei ja diesbezüglich von seinen Parteigängern und Jüngern falsch verstanden und verkehrt aufgeschnappt worden, insofern er ja nicht erst seit Hölderlin mit Bacchus und Herkules und bekanntlich dann auch mit Empedokles durcheinandergerührt worden sei, sondern schon ausgerechnet der wahrlich extrem leib- und frauenfeindliche Paulus sei bei seinen griechischen Missionierungsreisen ausgerechnet ja für den alten Griechengott Hermes erachtet worden, so unhermetisch eigentlich seine, Paulusens, Sittenlehre gewesen sei, so Greif mit fast schon derbem, meines Erachtens auch etwas gar zu selbstgenügsamem Spott.

Ja, tatsächlich hatte ich jetzt doch stark den Eindruck (und auch Schummetpeter neben mir schien plötzlich nervös), daß Greif, so verschlagen er dreinsah und so gut er sich bisher gehalten hatte, sich nun doch verrannt habe bzw. einigermaßen selbst im Trüben fische. Er merkte es wohl selbst und verspürte scheint's Angst, daß Stroh ihn hier in flagranti erwischte und ertappte und überführte, er sah deshalb nur noch fröhlicher drein und redete noch schneller und schon überfrech von Hölderlins Neogräzismus o.s.ä. als Surrogat fürs versagte Deutschtum, und als er gleich drauf auch noch schon fast tollkühn einen »Kontext« mit Plessners Buch »Die verspätete Nation« von 1930 – »eine Neuausgabe ist längst überfällig!« rief Greif mit Vehemenz und fast erbost – herstellte, war er ganz offenbar wirklich ins Straucheln gekommen, und ich fragte mich, ob all dies hier, zumal bei dieser Bruthitze, wirklich noch gut hinausgehen mochte. Ja, überhaupt schien hier Greifs Rede vorübergehend und vielleicht doch als Spät- und Müdigkeitsfolge des zunächst ja gut aufpeitschenden Biers etwas aus dem Ruder zu laufen und ganz aus dem Leim zu gehen – tja, um so aufmerksamer lauschte ihr aber gerade hier und jetzt scheint's vorne Stroh, die unbebrillten Augen zu schmalen Schlitzen verengt, gleich als ob er schliefe, in Wahrheit aber wie abermals der sprungbereite Puma – ja, für mein Dafürhalten auch richtiggehend hellhörig hielt er da die ganze Zeit über sein linkes Ohr mitsamt dem ganzen Kopf fast um 90 Grad gedreht bzw. herumgeschraubt auf Greif hin, dessen flott und zuletzt etwas leiernd und gleichzeitig irgendwie angstvoll rappelndem Mundwerk zu lauschen. Sogar die Schratt und vor allem Milch warfen da, wie auch ich, gespannt lauernde Blicke zwischen Greif und Stroh hin und wieder – Stroh schien Greif aber nun frappanterweise schonen zu wollen, mit einer knappen Zwischenfrage foppte er ihn aber wohl nur ein bißchen, und auch die Korrektur, daß Plessners Buch längst wieder präsent sei, dünkte mich ja mehr gutmütig. Erst nach weiteren vier Minuten zog Stroh die schlaffen Zügel wieder etwas straffer. Er verwahrte sich erst einmal gegen eventuelle aufgetretene Verdächte im Zusammenhang der Baden-Badener Bestallung von Elias, die Sache sei weiß Gott komplizierter als hier darzustellen und zudem lang vor seiner, Strohs, Zeit und also Einflußsphäre passiert – und sodann suchte Stroh im »Rekurs auf Habermasens Kierkegaard abgewonnenen Individualisierungsbegriff« ganz offenbar selbst so unbemerkt wie schleunigst das auch ihm unerquicklich gewordene Thema zu wechseln und beidseits wieder Boden zu gewinnen und überhaupt wieder mehr Tempo zu machen –

– erstmals fiel hier und in der Folge mehrfach und von beiden Seiten das Wort von den »Aporien des Denkens«, bald schien Greif auch wieder voll auf dem Damm – wenn ich mich recht erinnere, spielten diese »Aporien des Denkens« dann viel später aber auch eine Rolle noch lang nach dem Abendessen –

– hier am Nachmittag kriegte man sie mehrfach zu hören, zuerst wohl ganz leichtlich und leichthin hingeworfen von Stroh, schon in seinem Antwortsatz griff sie dann aber auch Greif auf, mit einiger Unterwürfigkeit zitierend, vielleicht ja aber auch mit einer gewissen Feinigkeit variierend zu »das Denken in unendlichen Aporien« – jawohl, Greif hatte wohl schon wieder ausreichend festen Boden unter den Füßen (die lagen, ich sah's von meinem Platz aus genau, die ganze Prüfung über erstaunlich ruhig und stetig nebeneinander) und glaubte sich werweiß seinem Widersacher gegenüber sogar schon wieder überlegen und deshalb sogar einige Trotzigkeit herausnehmen zu dürfen, ihn ein wenig zu veräppeln oder ihn doch eben mit höherer Ironie umsäumen zu sollen, wie mir vorkommen wollte. Und Stroh schien aber tatsächlich, meine winzige Besorglichkeit dämpfend, seinem Prüfling nichts zu verargen oder ihm gar solche Ironie als Aufmüpfigkeit ernstlich zu untersagen, als unerlaubte Modalität innerhalb der Prüfung zu verwerfen. Sondern mit unnatürlich kandierter Stimme und ebenso zuckersüßem Lächeln kam er sodann, sich gleichsam mit einem Kopfwedeln bei Bock und Stierl ein entsprechendes Placet einholend, überaus aufgeräumt, es war wohl inzwischen 15.30 Uhr und im Rigorosumsraum noch dumpfiger geworden, sogar kurz auf Ödipus zu sprechen und die mit ihm verbundene »creatio continua« seines Ödipusmythos bis hin zur schließlichen Assimilation mit der Judassache – offenbar fiel ihm das alles aber selber recht beschwerlich, denn mit plötzlich, ja schlagartig stark ermüdeter Stimme und auch Leichenbittermiene begann Stroh da irgendwie zögerlich und wie tastend bei Greif auf den Busch zu klopfen; allein Greif wußte sich auch hier zu helfen und zeigte sich, meiner Einschätzung nach, auch auf diesem Gebiet allen Anfechtungen gewachsen und gefeit und versagte keine Sekunde lang, er rackerte weiterhin bestens und geizte dabei nicht mit einnehmenden, wie unabsichtlich verstreuten Blicken in unsere ihm zulauschende Hörerrunde und rief auch meiner Erinnerung nach einmal ganz heftig und richtig im Affekt »Vae, victis!« auf die Prüfergruppe und vorzüglich auf Stroh hin, jawohl: »Vae, victis!« schrie er, fast schauern machend, wenn ich das recht erinnere –

– ja, und Stroh, so schien es mir da, mit einem verkniffenen Zug um die Nase, versuchte wohl Greif, der ihm hier schon mehr denn je ein nagender Dorn im Auge war, mit ein paar methodologischen Tricks zur Raison zu bringen, inhaltlich unterwarf er sich jedoch gleichzeitig und sogar mehrmals nach meinem Eindruck Greifs offenbar besserem Wissen und seiner weiterhin glänzend zum Vortrag gebrachten Überlegenheit, auch was die verschiedenen und apokryphen Fassungen der Legenda aurea z. B. betraf – Stroh schien mir manchmal richtig zu staunen und zu stutzen und zu schwitzen vor so viel Greifschem Hintergrundwissen und versagte es sich deshalb bald, auch hier noch weiterfragen und in den Kandidaten dringen zu wollen. Mit ein paar Flüster- und Rauneworten holte er sich das Einverständnis von Bock und Stierl, hier jetzt schon mal diesen offensichtlich aussichtslosen Punkt abzuhaken – etwas arg leimsiederisch beugte er sich dazu mehrfach nach links und rechts und einmal auch quer über seine Tischbank zu Frau Schratt hinüber, dieser entsprechende Weisung zu erteilen –

– sodann, während hinten in der vorletzten Bank Frl. Epps und Gries praktisch gleichzeitig gähnten und dazu lautlos weit den Mund aufrissen, schien sich vorne Stroh neu zu besinnen und zu orientieren und jetzt, allen Überdruß abschüttelnd, neue Saiten aufziehen zu wollen. Quasi stante pede kam er auf etwas wieder ganz anderes und Neues zu sprechen, damit allerdings auch m. E. richtig schmachvoll klein beigebend, nämlich auf die »kultursoziologischen Thesen« über die von ihm, Stroh, sogenannte »paranoide Weltstruktur«, und er schien nun Greif auf diesem neuen Felde aushorchen und möglichst unterjochen zu wollen. Wie ich später am Abend zu hören kriegte, handelte es sich da wohl um eine Art thematischen Seitenarm von Strohs angeblich entstehendem Buch, einem großen und dicken Buch über die Verschwörungen und Verschwörungstheorien quer durch die Weltgeschichte – sein, Strohs, Chef d'œuvre, welches auf eine avancierte Weise allerdings auch Quer- und Rückverbindungen zu seiner im Fachbereich wohl nicht ganz unbekannten Habilitationsschrift über »Negative Integration und revolutionärer Attentismus« von – so wurde mir später gesagt – 1974 wiederherstellen sollte usw., werweiß wollte Stroh da ja auch diesen (mir nicht gleich verständlichen) Attentismus und Attentate o.ä. irgendwie gehaltlich auf einen Nenner bringen. Jawohl, Stroh kam also jetzt ziemlich spornstreichs und urplötzlich auf Verschwörungen, Attentate, Staatsstreiche usw. zu sprechen, dabei etwas gewunden formulierend und manchmal sogar richtig geschneckelt, bei der Gelegenheit abermals die Augen zusammenkneifend und zum kleinsten Schlitz verengend, die abgenommene Brille wippend zwischen Daumen und Zeigefinger, den kleinen Finger wie beim Sekttrinken leicht abgespreizt – so kam er von Judas und Ödipus und Kreon herrührend fast schnurstracks auf Machiavelli und erneut Habermas und dann gleich auch noch auf Zar Nikolaus zu reden und der Sache auf den Grund zu gehen – ja, es schien jetzt wirklich zwischen Prüfer und Prüfling zur Zerreißprobe, zu einem Kampf auf Biegen und Brechen zu kommen –

– noch ehe es aber so recht dazu kam, daß Stroh Greif die ersten entsprechenden Fragen und kitzeligen Probleme vorlegen konnte, ereignete sich schon etwas ganz und gar Unverhofftes, Unerhörtes, fast ein Eklat. Noch während Stroh seine erste große Frage zusammenbastelte und als wahrscheinlich tückische Finte präparierte, sprang Greif urplötzlich auf und rief so rasch wie feurig und wie stets druckreif sowohl auf Stroh hin als auch gewissermaßen ins forensische Publikum hinein, er, der Prüfling Greif, habe in Anbetracht eines dreiteiligen und ja nun wahrlich nicht mit der linken Hand zu absolvierenden Rigorosums doch seiner Vermutung nach das Recht, das formale »Prüfungs- oder aber Hospitanzrecht«, zumal, forcierte Greif die Lautstärke, »bei 33 Grad Zimmer- und Außentemperatur«, auf eine angemessene Getränkeversorgung, »halten zu Gnaden!« rief Greif ganz ungehalten und richtig aufwieglerisch dem Prüferkonsortium zu, und aber noch mitten in seiner heftigen Rede drehte Greif sich rechts um, trat, nein, sprang ca. eineinhalb Meter nach hinten zur Wand und griff ein aus der Wand herausragendes Rohr, eine Art Leitungsrohr, das mir, ehrlich gesagt, so ulkig es auch aussah und nämlich wie von ungefähr aus der Mauer herausragte, vorher noch gar nicht aufgefallen war. Greif drehte an dem Rohr und hielt dann, flugs ein bißchen dazu in die Knie gehend, den aufgerissenen Mund unter die Mündung des Rohrs, um sodann (ich übertreibe nicht) eine ganze halbe Minute lang das aus dem Rohre herausströmende Wasser in sich laufen zu lassen, ja hineinzustürzen – es mußte sich, wie die Dinge lagen, um mindestens eineinhalb Liter Wasser gehandelt haben.

Wahrscheinlich schauten wir vom Auditorium hier alle recht erschrocken und erstarrt drein und uns teils auch an. Vor unser aller verblüfften Augen jedenfalls schraubte Greif sodann ebenso rasch und entschlossen den Hahnverschluß wieder zu, setzte sich und sagte »pronto«, seinetwegen könne es jetzt weitergehen. Er,

Greif, sagte er sehr bestimmt, melde gleichwohl und nochmals seinen »Protest« und seine »Enttäuschung« darüber an, wie man hier einen Kandidaten behandle. »Wohlgemerkt in einer Alma mater, die auf den wohl mehr unwörtlich gemeinten Namen der Reformuniversität hört – mehr also auf ein epitheton ornans!« rief erbost Greif. Und er, Greif, bitte auch, den Vorfall und diesen seinen Protest zu und ins Protokoll zu nehmen, wandte er sich da so stracks wie unvermindert ernsthaft und sogar wieder recht zornvoll an Frau Schratt. Und auch dies, daß seiner, Greifs, Meinung nach für die Erfrischung, wenigstens für die leibliche Erfrischung und Erquickung des Kandidaten bzw. Hospitanten nach Recht und Billigkeit wohl der Prüfungsvorsitzende verantwortlich sei, »wenn er sich die Bürde des Vorsitzes schon mal aufgebürdet hat«, rief Greif, stand auf und setzte sich heftig wieder hin.

Zounds! Der Leser glaube mir: Es war wirklich wie ein Blitz aus heitrem Himmel bei 33 Grad Gewitterschwüle. Hah! Und: Genau erinnere ich mich, daß Greif bei diesen seinen lauten Scheltworten immerfort den Blick auf Stroh mied, ihm wie abstrafend den Blickkontakt versagte. Sondern dabei nur immerzu halsstarrig und richtig ungezogen die Schratt fixierte. Und dann freilich einmal kurz übers Forum rundum schaute – wo nicht offenen Applaus, so doch unsere generelle Zustimmung ein- und abholend.

Ich meine mich zu erinnern, es war so, daß Schummetpeter mir nun rasch etwas sowohl Gehetztes als auch irgendwie Freudiges zuflüsterte oder auch -zischelte – deshalb wohl bekam ich die allerersten Strohschen Reaktionen und Repliken nicht so genau mit. Magsein, daß Stroh im ersten Augenblick jähe Verblüffung, ja Bestürzung und sogar Reue zum Ausdruck brachte, ja irgend etwas Klägliches und fast Räudiges war wohl in seinem ersten Echo, er saß auch eine Zeitlang wohl wie angewurzelt – im übernächsten Moment war er seiner und der Sache aber im Nu schon wieder ziemlich Herr. Indem er nämlich – Stierl neigte sich zur selben Zeit vertraulich flüsternd zu Bock hinüber – sich m. E. dazu sogar halb vom Stuhle liftend mit m. W. allenfalls leicht bebender Stimme seine tatsächliche Schuld und Verantwortung eingestand. Und nur durch ein forciertes Schulterwippen und Drehen des Kopfs auf Bock und Stierl hin wohl sagen wollte, daß er diese Schuld doch auch irgendwie und vielleicht sogar theologisch im Sinne der Trinität lieber auf mehrere Schultern gepackt sähe und geladen wissen möchte. Er, Stroh, fuhr Stroh nun doch recht unterwürfig, ja auch wie entwurzelt und irgendwo sogar ziemlich tütelig fort – er, Stroh, biete sich hier zur schleunigen Wiedergutmachung an, falls noch Bedarf sei, also ein Cola oder Aqua minerale holen zu lassen oder notfalls selber zu holen, und mit dem Klang seiner Rede drückte Stroh jetzt sogar aus, daß auch er seinerseits sehr wohl Grund hätte, mit Greif vielleicht ein bißchen zu schmollen. Ja, »von einer Kraft holen zu lassen oder das Cola selber holen zu gehen«, so drückte es, sich erschrocken bessernd, Stroh wörtlich aus – doch Greif, inzwischen bequem wieder in seine Schulbank zurückgelehnt, wünschte sich jetzt offenbar nicht weiter querzulegen und es seinem Peiniger noch mehr heimzuzahlen und die Abreibung noch tüchtiger ausfallen zu lassen; mit erhobener und geöffneter linker Hand winkte er so generös verzichtend wie vielleicht sogar ein klein bißchen verächtlich ab und sagte aber dann sehr laut und wie von langer Hand vorbereitet und alles derart vielleicht doch noch weiter hintertreibend: »Das Dürsten« sei ja nun, wenn auch »anders als bei Judas' Gegner Jesus« – Greif deutete mit flugs gestrecktem Arm zum Rohr in der Wand zurück – »ausreichend gelöscht. Ecce homo!« rief Greif wie im Spaß und schon fast allzu aufgezogen. »Schuldzuweisungen und -verteilungen« könnten, so Greif deutlich weiter abwiegelnd, ohnehin nicht Sache der »vorgeblich vorurteilsfreien Wissenschaft« sein, und »solche mit dem eisernen Besen wie im Adenauerstaat«, redete es weiter aus dem jetzt wie das Wasserrohr aufgedrehten Prüfling, jedenfalls von seiner, Greifs, Seite, »nun schon mal, meine Damen und Herren, gleich ganz und gar nicht«, rief Greif wörtlich und nun sogar ein wenig frömmelnd, auch wie quengelnd, und sah sodann Stroh erstmals wieder voll und ganz ungeniert in die Augen. Wobei ihm, Greif, wie bereits mehrfach bedeutet, fuhr der Prüfling wohl einer Improvisation gehorchend und schon überfrech fort, durchaus daran gelegen sei, daß man hier jetzt zügig weiter »und womöglich bald zu Ende komme«, rief Greif wortwörtlich.

Ein Sonnenstrahl patschte wider die Stirn von Milch, als dieser neugierig das Haupt hob, Greifs Strafreden besser zu lauschen, sie besser erhaschen zu können. Mir selbst war zuletzt wieder etwas lauwarmer Schweiß in die Halsgrube gesickert, als Stroh, der während Greifs quicken und trotzigen Worten unterderhand wie ratlos und auch reuig in irgendwelchen Unterlagen geblättert hatte, nun mit bedächtigen Worten und vielleicht nur ein bißchen und mehr künstlich lädiert zu wissen und uns allen nochmals zu verstehen gab, er habe ja nun wohl seine Schuld, seine Unterlassungs- und Versäumnisschuld, als eine fahrlässige soweit eingeräumt – und auch er, Stroh, plädiere ja sodann für einen zügigen Progreß der Prüfung, sagte Stroh wie endlich sich selbst entlastend und äugte dazu, deren Einvernehmen einholend, kurz hinüber zu den einverstanden nickenden Bock und Stierl; indessen Greif seitwärts schon frevelhaft arrogant, ja richtig flamboyant vor sich hin lächelte, wie üppig in sich selbst versunken vor Zufriedenheit. Sofern der Kandidat d'accord sei, sagte Stroh nicht ohne eine gewisse und aber verdeckte Trotzigkeit seinerseits, komme man also abschließlich und im allseitigen Einvernehmen nochmals auf die entscheidendsten Kultur- und Kunsttheorien zu sprechen, primär dabei auf das »Theoriesortiment des 19. Jahrhunderts«, das, wie auch der Kandidat zugeben dürfte, diesbezüglich ohnehin das relevanteste und referentielle sei – hier aber nun machte Stroh, offenbar doch noch immer von der Wasserhahnaffaire belastet und verstört, den schwerlich überhörbaren Fehler, Greif mit »Greif« anstatt ordentlich mit »Herr Greif« anzureden und ihn also gewissermaßen zum Knecht und untergeordneten Schranzen zu degradieren und damit ja erneut zu kränken – die rasche Korrektur und abermalige an sich untadelige Entschuldigung brachte ihn, Stroh, nun aber offenbar gleich noch mehr aus dem Tritt; dergestalt nämlich, daß Greifs Widersacher in der direkten Folge Nietzsches Vornamen versehentlich gleich zweimal mit »Max« angab; worauf Greif flink und etwas verwurstelt dazwischenhöhnte und zugegeben auch einigermaßen unverständlich unkte, das sei ja dann »wohl die Umwertung aller Werte« oder etwas dergleichen; und in Eile, dazu wieder die Brille abhebend, Schummetpeter und mir von den anderen vielleicht unbemerkt ein Grinsen des schon unglaublichen Hohns und Spotts zufeixte, gewiß mit dem Ziel, es ihm, Stroh, noch einmal heimzuzahlen – mich erinnerte das, ehrlich gesagt, an meinen Ex-Klassenprimus, einen gewaltigen Rechthaber und Besserwisser vor dem Herrn, der es dann zurecht auch nur zum Filialleiter bei der Raiffeisenkassenbank gebracht hat, der aber physiognomisch und typologisch zu seiner Zeit sonst wieder mehr, vor allem im Halbprofil erstaunlich genau, an – Stroh gemahnte.

Es schien dann Greif im Fortgang überhaupt doch wieder massiert Stroh widersprechen und trötzeln und nachknurren zu wollen und ihm sein doppeltes Versagen nachzutragen, und er scheute sich dabei nicht – Schummetpeter neben mir seufzte zweimal schwer auf – Stroh auch in dessen Redefluß dreinzufahren und zu -funken. Und schon wieder richtig frech, indem nämlich danach m. E. eigentlich gar nicht gefragt war, entwickelte Greif, nicht mehr unterbrochen von Stroh, eine Art Kunsttheorie der Kunstautonomie nämlich im Sinne von Rudolf Borchardt und seiner enormen Gegenwärtigkeit auch und gerade heute, siehe auch FAZ vom 13. 11. 93 – und daß von diesem Borchardt auch Walter Benjamin und Theodor Adorno »in noch nicht hinlänglich erforschter Weise beeindruckt« oder jedenfalls beeinflußt gewesen seien – es folgte da noch eine fast zweiminütige Satzkolonne, welche nicht nur mich und wahrscheinlich Stroh, sondern wegen ihrer Länge und Dehnung und Nichtaufhörlichkeit besonders auch den sich die ganze Zeit am Hosenbein kratzenden Schummetpeter ziemlich zu belasten schien; ja uns alle hier, wenn ich Greifs überaus beredtes Plädoyer recht deutete, auch irgendwie für dieses Versagen der Borchardtforschung verantwortlich machte

– dabei hätte Schummetpeter, seiner leidensvollen Miene nach zu urteilen, vielleicht doch nur zu gerne jetzt das vom Prüfungsvorsitzenden vorhin in Aussicht gestellte Cola weggetrunken.

Wobei Theodor Adorno, gab sich Greif einen neuen Ruck und fuhr sodann wie verräterisch und zugleich aufklärerisch lächelnd fort, »generell unausgewiesenen Einflüssen und Adaptionen und Assimilationen gegenüber, um nicht zu sagen Plagiaten, ja überhaupt sehr aufgeschlossen war«, teilte Greif nicht ohne einen heiklen Ton von Tadel und Bedenklichkeit mit, »gewissermaßen nach der Manier seiner italienischen Vorfahren aus dem Reich der Oper, die von Rossini bis Donizetti es mit solchen Zitaten oder Plagiaten oder eben Assimilationen auch nicht immer so gar genau genommen haben, ladri halt, brigantini, eben assassini«, schloß Greif etwas verhuscht und in der Pointierung wohl auch leicht verrutscht. Stroh vorne mit jetzt betont mürrischer Miene quittierte es gehaltlich offenbar ungeahndet, besserte in seinem Antwortkommentar aber sofort und ganz en passant und aber doch wie um Greif in Schach zu halten in »Theodor W. Adorno« nach – allein: Greif nahm das nicht nur sofort auf, sondern sprach jetzt im Nachgang selber dreimal ganz betontermaßen sogar von »Wiesengrund« (ohne den Theodor und den Adorno) – und war nun schon wieder für eine Weile fast überhaupt nicht mehr zu bremsen und büxte beinahe schon wieder aus und ließ sich nämlich sogar dazu hinreißen, in irgendeiner mir restlos undurchschaubaren Anspielung auf Stroh oder jedenfalls Baden-Baden gleichsam nachzeternd, ja direkt ruppig von der »rechtsromantischen wie linksreaktionären Kritik« an der »entschieden ungeselligen Inkommensurabilität« – Greif verstattete sich ein kurzes Nachdenkpäuschen – »und Inkompatibilität einer von Marktzwängen losgelösten und nur ihrer je eigenen Dynamik gehorchenden Kunstübung mit ihren integral unwillkürlichen Emanationen« zu reden, offenbar erneut tadelnd zu reden. Dies nämlich sei die »Miserabilität« der Kritik – Greif grinste frech und putzmunter und offenbar vollkommen unverbraucht über sein neuerliches und ungehöriges und aber vielleicht auch etwas untergegangenes allzu subtiles Wortspiel –, nämlich die »Tyrannis« sowohl als letztendlich die »Pilatusfrage der Kritik bzw. an die Kritik«, schloß Greif sehr fest.

Stroh und seine Kollegen vorne schienen so aufmerksam wie andererseits vielleicht nur oberflächlich höflich zugelauscht zu haben – mir kam zu dieser Zeit dagegen der Gedanke, daß sic rebus stantibus, wenn wir als das zuständige Zuhörerforum hier schon in so alten Klassenbänken sitzen mußten, es dann doch auch ganz sinnig und lustig wäre, wenn wir hier in den Banktischchen auch die alten und ehrwürdigen Einbuchtungen für unsere Tintenfässer hätten, in die wir dann zum Mitschreiben unsere Citofein-Federn eintauchen durften. Hier auf diesen Tischbänken dagegen standen nur mit Füller bzw. Filzstift hingeschriebene Dinge zu lesen wie »Fuck the teacher«, »Steffi« oder in schön geschwungener Lateinerschrift »I love Birne«. Durchs immer noch gänzlich geschlossene Fenster hindurch war jetzt wie aus weiter Ferne so etwas wie ein frohes Tutgeräusch zu hören, wahrscheinlich ein sehr fernes Dampfertuten, wenngleich der Rhein dafür eigentlich etwas zu entfernt lag – und: Erlaubte der hier denn schon auch die volle Schiffahrt? Genug, als nun Greif, möglicherweise auf ein Stichwort Strohs (der hatte sich wohl wieder ganz gefangen) hin, eine weitere weitausholende Kurve nahm und auf einmal von der Ritterschen Kompensationstheorie vor dem geistesgeschichtlichen Ideenhintergrund der Leibnizschen Theodizee plauderte und dabei auch noch ganz flink die »Kontinuität bis hin zu Gadda und Gaddis« einfließen ließ, da wurde es auch mir wieder recht schwer ums Herz, ja, es war da wirklich kaum mehr auszuhalten, was unser Freund Greif so daherredete. Stroh vorne ließ ihn eine Weile gewähren und es offenbar auch durchgehen und kniff nur wie im Schmerz momentweise beide Augen zusammen, als sei er es nun aber bald wirklich leid und könne es ebenfalls auch mit dem besten Willen nicht mehr hören. Ein Unmut, den Greif offenbar rasch und schleunigst erfaßte und spitzkriegte, denn um so nachhaltiger, ja richtig ungezogen machte er auch weiterhin und noch heftiger mit seinen Monaden herum, den »ja keineswegs nur fensterlosen Monaden«, und gab jetzt überhaupt keine Ruhe mehr. Und als sich dann endlich, nach einem mehr so pro forma vorgetragenen Einwurf Strohs ergab, daß dieser offensichtlich das Erdbeben von Lissabon gar nicht kannte bzw. sich damit um ca. 25 Jahre vertat, hatte Greif natürlich noch viel leichteres Spiel, die Führung an sich zu reißen und nicht mehr abzugeben: Wieder etwas gefrotzelt, aber auch richtig ungehalten und damit seine Befugnisse wohl nun wirklich frech überschreitend, empfahl Greif Stroh und dem ganzen Auditorium die Lektüre bzw. Wiederlektüre des Kleistschen Textes oder wahlweise des Romans von Voltaire oder »mutatis mutandis natürlich von Leibniz selber!«

Ein bißchen verlor dann Greif doch wieder an Halt und die Übermacht und sogar Übersicht, als er sich im offenbaren Erfolgsrausch leichtfertig und ganz ohne Not dann auch noch kurz auf Hegel und das Ganze des geschichtlichen Daseins einließ, um scheint's weiter und ad libitum zu brillieren, dabei aber nun doch einmal an seine Grenzen – und auf Strohs unverhoffte Wachsamkeit stieß. Greif redete nämlich da auf einmal elanvoll von Hegels »Ding an sich«, worauf Stroh darauf aufmerksam machte, daß dies im Gegenteil ein Terminus Schopenhauers sei, Hegel spreche in der »Phänomenologie« vielmehr ja wohl vom »Ding überhaupt«; und beides, fügte Stroh mehr nachsichtig und wohl der Sache schon wieder müde an, sei ja nicht ganz das gleiche. Das sei richtig, erwiderte hier Greif flink und vollkommen unverschlissen, und nun erinnerte sein, Greifs, Einsatz seinerseits an den Sprung des Pumas (oder in Anbetracht von Greifs schwarzen Haaren mutatis mutandis eben doch den des Panthers): Das habe aber auch niemand behauptet. Es sei dies von ihm ein reiner Versprecher gewesen, mopste sich Greif etwas übertrieben, als solchen bitte er ihn ins Protokoll zu nehmen, wandte er sich m.E. mit unverhältnismäßiger Schärfe irgendwie an Stroh und die Schratt zugleich – gleich drauf mußte ihm, dem Prüfling, Stroh jedoch schon wieder Einhalt gebieten, indem nun umgekehrt Greif den Vornamen Hegels falsch, nämlich (im Überschwang? schon Übermut?) mit »Georg Erwin Wilhelm« angegeben hatte; worauf sich verspätet denn auch im Auditorium ein kleines und ungläubiges Gemecker erhob, wie als ob man sich die Sache in Scherz und Ernst nicht recht zu deuten wisse – auch Schummetpeter blickte und lächelte mich da ratlos fragend und wohl auch ein bißchen abwesend an –

– schärfer wurde es dann nochmals und führte

fast zu einem dritten und kleineren Eklat, als Stroh, der sich damit, mit diesem für ihn erfreulichen Interludio, wieder vollends gefangen hatte, mit dem Schlußdreh abermals auf »die kritische Geschichtswissenschaft in emanzipatorischer Intention« (und also wohl seines Geschmacks!) zu sprechen kommen wollte bzw. hoffte; andersherum noch einmal auf seine (wie ich erst am Abend erfuhr) schon erwähnte ureigene und Strohsche Habilitationsschrift über »Negative Integration und revolutionärer Attentismus«: ein persönliches Interesse und Motiv mithin hatte, das Greif offenbar gut kannte oder doch bestens erahnte; derart nämlich, daß er also sogleich und richtig roh dazwischenging und beinahe strahlend uns allen zu wissen gab: So wie nach Gerschom Scholems neuerlich bekannt gewordener und auch längst in der FAZ publizierter Entdeckung die »Kritische Theorie« bekanntlich nur »ein Codename für den populäreren Marxismus« gewesen sei, »auch wenn das heute so manchem Habermas ganz und gar nicht mehr in den Kram passen möchte« (ab hier schaute Stroh auf und auf Greifs wuselndes Mundwerk, lauschte aufmerksam und machte aber dabei einen friedfertigen, sehr gefestigten Eindruck): Ähnlich komme es ihm, Greif, »reichlich forciert codiert« vor, wenn »essentiell sozialdemokratisch durchtränkter Akademismus« heute von »revolutionärem Attentismus« rede. Wo nicht einmal die klassische Linke heute mehr von der »sattsam ausgeweideten revolutionären Geduld auf dem langen Marsch etcetera« reden möchte. »Wie eine reziproke Negativität« komme ihm, Greif, das schon bald vor, »wie eine negative Reziprokie«.

Obschon nun gegen die vorwitzig mißglückte Formulierung von der »Reziprokie« seitens Strohs sicher einiges vorzubringen gewesen wäre, ließ es dieser scheint's gut sein, versagte sich hier jede kleinliche Korrektur und wandte lediglich nachkartend und etwas maulend und nuschelnd wie mehr im Selbstgespräch ein, »der Zionist und Esoteriker Gerhard Scholem« sei »wohl vielleicht hier nicht der allerkompetenteste Zeuge« – auch habe »Attentismus« im protowissenschaftlichen und wissenschaftlichen Kontext ja noch gar nichts mit Marxismus zu schaffen, »Kritische Theorie hin und her« – diese kleine Diskrepanz, diese petite différence, faselte Stroh hier hörbar ermüdet, zwischen Relevanz und Faktizität bitte er, Stroh, doch »entschieden zu beachten«, und bei dem Wort »entschieden« schien er sich auch tatsächlich wieder am Riemen zu reißen: Es sei dies ja »keineswegs nur Marginalie jener Weltgeschichte, die, wie wir von Hegel wissen, ja auch nicht der Boden des Glücks ist, die Perioden des Glücks sind nur blinde Blätter in ihr«, erinnerte Stroh offenbar irgend etwas zitierend, und auch sei über den Komplex Revolution und Fatalität ja das letzte Wort einleuchtenderweise längst noch nicht gesprochen, ebensowenig wie übrigens über den Fall Althusser und sein ebenso camoufliertes wie offenes Bekenntnis zu Marx, ganz unabhängig von der Erdrosselung seiner Frau Hélène am – Stroh sah kurz in einem Aktenordner nach – 16. 11. 1980, wobei immerhin seltsam sei, daß diese Frau Hélène den rüden Attacken ihres Mannes keinerlei Widerstand entgegengesetzt habe, wie man über diesen »vielleicht doch nicht allerletzten Philosophen des Kommunismus« (Stroh) nach der allerneuesten Forschungslage aus Paris höre – –

Hier wurde Strohs Rede dann schon wieder recht müde und holprig, er war zuletzt doch wohl stark vom

Thema ab und ins Stolpern gekommen, und gab es dann wohl ganz auf – ich kann das ohnehin nicht recht beurteilen, weil ich seit eh und je Althusser mit Husserl eh immer restlos durcheinanderbringe und -würfle, so wie sich eben auch Stroh nun buchstäblich vermauschelt zu haben schien.

Wie auch immer, während nun vorne im Prüferkollegium nach einer gewissen Unterbrechung Stroh und seine Co-Männer angelegentlich vergleichende Blicke auf ihre Armbanduhren warfen, hatte seitlich Greif schon wieder fast unvermerkt losgelegt, er redete und fuchtelte dann bald auch einmal mit dem Arm und wurde nochmals richtig aufgekratzt und machte auch einen staunenswert etepeteten Eindruck – selbst wenn ihm Stroh vielleicht gar nicht mehr zuhörte, redete und deklamierte er fast demonstrativ, wie in einer Vorführung, und führte die Beweise und Widerlegungen, daß die Fetzen nur so flogen. Es war ein richtiges Solo, zu dem »unser Mann fürs Grobe« (so Schummetpeter am andern Tag) da ausholte, ein Schlußrundhieb gewissermaßen, bei dem Greif sich richtig noch einmal gehen ließ und mächtig abschindete, um die Verhältnisse klarzustellen und möglichst noch schnell diesen und jenen zu verprügeln. Greif nahm zunächst einmal sehr eindrucksvoll die Unterschiede zwischen Verdinglichung hie, Instrumentalisierung von Herrschaft dort unter die Lupe und schließlich die Marxsche auf Hegel zurückgehende Entfremdung und Selbstentfremdung des modernen Menschen auseinander und verabfolgte damit vielleicht Stroh nochmals einen letzten leichten Schlag. Sodann noch immer unerschlafft, aber jetzt grüblerischer und für meinen Geschmack aber auch etwas zu moralisierend, beschäftigte er sich kurz mit der »zutiefst modischen, aber im Grunde zeitlosen Semiotik«, die da nicht nur als »formalisierter Zeichengebrauch, sondern auch als planmäßige Naturveränderung« wirksam werde, nämlich »im Kontext manipulativer Freiheit inmitten der – Diskursgeschwätz hin und her – nach wie vor kurrenten und menschenverachtenden Kulturindustrie, Enzensberger nannte sie einst mit Grund und über Marx und Wiesengrund hinaus ja auch Bewußtseinsindustrie«. Beidem gelte es heute, wenn ich Greif richtig auslegte, mit Kritik und auch Metakritik der Kritik sowie vielleicht mit einer »Internationalisierung« oder auch »Internalisierung« (ich weiß nicht mehr) mutig entgegenzutreten, rief Greif nochmals etwas abrupt feurig und biß sich dann aber mehr grämlich auf die ein bißchen lilanen Lippen –

– ja, noch immer redete Greif eisern wissenschaftlich daher und machte Zunder, es war schon eine rechte Plage, auch Stroh schien es so zu sehen und tauschte vorne derweil verdrießlichen Blicks fast anzüglich ostentativ geflüsterte Worte mit seinen Ko-Prüfern und einmal auch mit dem Beisitzer Milch aus, dem er irgendwie mit dem gestreckten Grußarm ein rasches Einsatzzeichen gab. Derweil trug linkerhand Greif, in der vielleicht ja etwas voreiligen Meinung, er sei da auch schon restlos aus dem Schneider, in gleichsam frei rhapsodierender Rede noch einiges zu Lichtenbergs Heuristik vor, sodann über die zutiefst existentielle Schmerzstruktur bei Carlo Emilio Gadda, mit dem er es wohl ganz besonders hatte, gleich drauf machte er sich an der »weitverzweigten Heterologie« bei Georges Bataille zu schaffen und dessen Verherrlichung des Eros als »Désinvolture« (ich hoffe, ich habe beide Fremdwörter richtig geschrieben). »Erotik,

Ekstase und Exzeß« seien nach Nietzsches Tod Gottes Gottersatz, sagte Greif, o.s.ä., aber mehr so interesselos vor sich hin und schmunzelte wohlgefällig, auch selbstgefällig wohl, und hielt dann noch einer gewissen Margaret Bovary (oder Dubarry? Ich weiß es wirklich nicht mehr) darwider, ihr »Verrat am 20. Jahrhundert« schreibe das Moment des »Selbstverrats der deutschen Kultur« zu klein, die er, so Greif natürlich unstatthaft und nämlich ganz ungefragt, nicht anstehe, mit Karl Kraus – »Fackel 1925!« rief Greif überaus locker, ja ungescheut relaxed ins Publikum – »mehr noch und entschiedener noch eine Selbstverramschung« zu nennen, rief Greif unausstehlich schmunzelnd, vielleicht sogar über seine eigene Feschigkeit, ins Auditorium – eine Selbstverramschung, die dann ja auch unmittelbar »via die alte und von Kraus keineswegs überschätzte Presse vulgo Medien in den globalen Irrweg des Hitlerfaschismus geführt« habe, vollendete, einmal im Schwung, Greif wie berauscht und doch noch immer wie unersättlich. Und nicht ohne Genugtuung sah und erkannte ich, daß vorne Stroh – aber vielleicht doch mehr zufällig – bei diesen so harschen wie richtig herrischen Worten flugs die Schultern unterm gelben Sakko etwas einzog, geschlagen und offenkundig ausgebootet, andererseits, seinem kühlen Blick nach zu urteilen, es doch noch irgendwie besser wissend, nämlich am längeren Arm (des Attentismus?) sitzend.

Und Stroh schritt denn auch im Folgenden kaum mehr ein, nur einmal (meiner Erinnerung nach) kurz mit einer Schein-Zwischenfrage und verkappten Widerlegung. Da nämlich, als Greif plötzlich auch noch die allerletzte Volte nahm, aus einem vielleicht mehr persönlichen Interesse heraus auch noch die »Legitimationsfrage« zu stellen, nämlich »die Legitimationsfrage an die heutige Universität«. Indem er nämlich gewissermaßen alle Professoren und uns alle hier aufforderte und sich in zum Teil schon rasend flinker Rede anheischig machte, »die Selbstlegitimation von Wissenschaft zu prüfen«, nämlich die in der »im Wortsinn von Thomas Kuhn postmodernen Universität und das heißt im wesentlichen Geisteswissenschaft respektive Kritik«. Nämlich, so sprach Greif, man müsse jetzt immer wieder die »Dichotomie von Autonomie und Freiheit« prüfen, nämlich wachsam die Frage nach der »Selbstimmunisierung« der Wissenschaft stellen und sich der Frage stellen, die der Paderborner »Professor und Kollege« Rolf Breuer in der sehr beachtlichen Zeitschrift »Universität« sich gerade in Hinsicht auf die allgemein wie ein Zauberstab postulierte Interdisziplinarität dieser Wissenschaft als Metakritik gestellt habe: »Wer kontrolliert die Kontrolleure?« – »Lesen Sie es nach!« rief Greif so heftig wie forsch und flink, »Heft 9/90, Seite 858 und folgende!«

Fraglos, so nach wie vor beflügelt er zuweilen immer noch schien und auftrumpfte, hier versuchte Greif uns wohl alle ein bißchen (und ein bißchen spät) nochmals durch bloße Imponiererei zu bluffen oder umgekehrt. Ich paßte aber so oder so zu diesem Zeitpunkt schon nicht mehr so gut auf, und auch Stroh und seine Kollegen vorne schienen mir hier schon langsam ihre Sachen zusammenpacken zu wollen, weil sie hier ja ohnehin nichts ausrichten konnten, als Greif gleichwohl nochmals in wiederum fast künstlich geballter und emphatisch beschwörender Rede kurz darauf zu sprechen kam, daß vor jener »heute schon ad libitum polyfunktional und damit praktisch inflationär einsetzbaren und damit de facto populär gewordenen Vokabel bzw. Formel vom revolutionären Attentismus« in jeder Weise und nachdrücklich zu »warnen« sei. Der Attentismus nämlich sei, wenn ich hier Greif richtig bündle und interpretiere, um keinen Deut zukunftsfähiger und gescheiter als »die alte und wider bessere Einsicht sogenannte revolutionäre Geduld«, sagte Greif bilanzierend und sogar ein bißchen bellend, welche Geduld nämlich nach seiner Einschätzung und Meinung bloß die Freiheit der Wissenschaftsautonomie gefährde und ggf. über den Haufen werfe, sagte Greif jetzt wie urplötzlich kalmiert und beinahe tonlos, und er sah dabei ganz innig Schummetpeter an, meinte aber mit Gewißheit Stroh vorne, dem er damit zweifellos eine letzte Nuß und Abreibung verpaßt hatte.

Stroh indessen blieb weiterhin ruhig und ganz gefaßt, so daß es ohne Kampf zu Ende zu gehen schien und sich alles wieder soweit lichtete – verblüffender aber war wohl beinahe noch, daß noch inmitten dieser finalen Worte und Ausführungen der kleine Alt-OB sich erhoben und klappernden Schritts und uns alle leichthin und wie entschuldigend mit der offenen Fächelhand grüßend den Raum verlassen hatte, noch während Greif schimpfte. Es war nicht so ganz klar, ob er sich diese Zumutungen nicht länger anhören wollte – oder umgekehrt zu seiner Genugtuung und gehaltlichen Befriedigung eben schon genug gehört hatte. Immerhin, auch Greif schien nun nicht mehr länger und weiter vom Leder zu ziehen oder gar (so hatte ich es zuletzt empfunden) Stroh um jeden Preis hänseln zu wollen. Und schließlich, nach einer auch von Stroh vorne irgendwie mitinitiierten gerafften Schlußrundung über die Funktion des Ästhetischen in der postmodernen Gesellschaft sowie im Rekurs auf Petrarcas Hermeneutik des Blicks nach unten, in den sich jetzt wie tändelnd auch einmal Stierl wieder einschaltete, klang dieser zentrale Teil der Prüfung bündig, sozusagen schmerzlos und zu unser aller Entlastung, allerdings auch ein wenig fade aus. Und es löste sich erst einmal der auf uns allen ruhende und zeitweise recht peinigend spürbar gewordene Druck und Erwartungsdruck. Unberufen, ich hatte ein gutes Gefühl, wenn ich hier überschlug, wie souverän und kühl und mit wieviel bon sense Greif bisher alles überstanden und vor allem die Nagelprobe mit seinem Feind bestanden hatte und sich in allem als gefeit erwiesen hatte, auch wenn mir dann doch immer wieder etwas bang und bänglich wurde bei der Erinnerung daran, wie vermessen und sogar garstig er jenen zuweilen behandelt und richtig lästerlich vorgeführt und abgekanzelt hatte oder doch zumindest die Absicht hatte durchblicken lassen: ob das denn gut hinausgehen, ob diese Rechnung aufgehen würde, so fragte ich mich und muß dabei wohl auch den sich von seiner Bank hochstemmenden Schummetpeter zweifelnd angeschaut haben, denn dieser patschte mir jetzt einerseits etwas burschikos, andererseits ohne Frage mit der Absicht auf die Schulter, mich diesbezüglich zu beruhigen. Der Prozeß war für den »Chef« scheint's schon gewonnen.

Und während Greif im Stehen sich jetzt flink und aber etwas abwesend schneuzte und sich das Publikum bei der nun anberaumten kleinen Pause teils etwas auf den Gang vor der Prüfungstür verstreute, sah und erkannte ich, wie Stroh vorne sitzenbleibend kurz und schniefend, aber sodann mehrfach und wie hochbedenklich und in Verfolgung offenbar heikler und überaus unsicherer Dinge die Nase hochzog, die Nase faltete und runzelte und jetzt auch noch die Mundwinkel streng nach unten faltete und hinabzog. Jetzt erst schritt auch Greif rasch und eilends aus dem Prüfungszimmer, sehr aufrecht und richtig zackig militärisch schritt er an uns, seinen schon draußen postierten Helfern, vorbei, und man sah, wie er jetzt schon ganz wieselflink um die Ecke verschwand, wohl in Richtung auf ein Örtchen zu, offenbar mußte er jetzt doch auch einmal Wasser lassen, sei's wegen des vor drei Stunden genossenen Biers, sei's wegen der vorhin eingesaugten Wassermassen aus dem Klassenzimmerhahnrohr. Schummetpeter, der bei mir stand, reckte nun beide Arme hoch, wohl um sich zu entspannen – und gleichzeitig aber auch bereits im angepeilten Triumph angesichts von Greifs Bravourleistungen und des sich abzeichnenden Gelingens des Ganzen. Gries sagte hier etwas der Epps, die beiden standen bei uns, in ihr Ohr, worauf diese mit voller Kraft aufkicherte, was aber Schummetpeter am allerwenigsten zu interessieren schien, er steckte mir vielmehr nur etwas geheimniskrämerisch, erst jetzt, bei Bock, komme Greifs wirkliches Spezialterrain dran, da werde er, nachdem er nun Stroh ausreichend brüskiert, wohl erst so recht zu seiner vollen und wahren Form auflaufen. Und da kam auch schon »der Herr Kandidat« (Schummetpeter) wieder ins Rigorosumszimmerchen gebogen, wir saßen schon – ja, richtig wie ein Expreßzug kam er hereingewuchtet, und damit, nach einem kleinen Gerumple und Geschnaufe und Gewergle »im Volk«, konnte auch schon der dritte Teil der Prüfung beginnen und anheben.

Bock war Mediävist und m.W. auch der Patron von Greifs ausgreifender und auch schon genehmigter Promotionsschrift und Doktorarbeit auf diesem Gebiete, Mittelalterexperte also, und als solcher einer der führenden Männer auf diesem schwierigen und heute aber scheint's wieder so beliebten Felde, Bock hatte, wie ich von Greif und unserer Autofahrt her schon wußte, einst in Göttingen bei Primer und Dekan Heil studiert und dort seine Promotion gebaut und sich dann auch mit einer Arbeit über die Katharer (eine Sekte) habilitiert, um sich folglich schon vor fast zwanzig Jahren als Lehrstuhlinhaber für mittelalterliche Geschichte in der damals wohl ganz neuen Universität Baden-Baden niederzulassen. Er also sollte nun unseren Freund in diesen Dingen auf Herz und Nieren prüfen und in die Zange nehmen – indessen, Bock schien Greif, so viel wurde schnellstens klar, durchaus geneigt und gewogen, schon bei seinen, Bocks, Einstandsreden warfen sich die beiden verständnissinnige Blicke zu, und sie nickten sich dabei wiederholt an und rückten bald auch die eigentlich um 90 Grad verwinkelten Körper immer mehr gegeneinander und aufeinander zu, trotz der gut vier Meter Mundentfernung entstand nach meinem Eindruck sehr bald das Gefühl einer richtigen doppelten Innigkeit.

Es ging dabei zunächst nach meinem Eindruck um den »Alltag im Mittelalter«, also sofort um Mord und Totschlag, Folter und Hinrichtung, um das, wie Bock einmal einweisend sagte, »von Huizinga einst als Reizklima des Geruchs von Blut und Rosen in einem Atemzug« charakterisierte Milieu durchschnittlicher und eben vormoderner Gewalttätigkeit – Gewalttätigkeit nicht zuletzt, Bock lächelte hier Greif, aber vielleicht auch Schummetpeter ausdrücklich zu, »in Ihrem spätmittelalterlichen Konstanz, das uns heute ja so geruhsam und freundlich vorkommt«.

Hier, dessen erinnere ich mich genau, lachte Greif kurz und hell auf – Greif, der in diesem Teil der Prüfung wie elastisch gefedert und deshalb aber richtig gemütlich und kaum mehr wie vorher so sprungbereit auf seiner Stuhlbank saß – lachte auf wie im Überdruck der Anspannung bei gleichzeitiger Entspannung und ergänzte, auf Bocks wortlose Erlaubnis hin, ähnlich wie Johan Huizinga stelle es dann auch – »Wir haben ihn noch keineswegs verlassen, möchte ich hoffen« – wieder Norbert Elias in seinem Standardwerk dar. Und daß er, Bock, fügte Greif artig und für meinen Geschmack allerdings doch etwas zu beflissen und übereifrig an, in seinen zahllosen thematischen Schriften aus dieser »grundsätzlich anderen Substantialität des mittelalterlichen Menschen« kein Hehl gemacht habe, das brauche er, Greif, ihm, Bock, und auch dem Publikum, Greif drehte kurz und wie grüßend und sogar leicht huldigend uns allen seinen lächelnden Kopf und Rumpf zu, ja nicht weiter zu bestätigen.

Stroh vorne, ich kriegte es mehr zufällig spitz, hatte hier das rötliche Haupt gleichwie naserümpfend ein bißchen penetrant zum Fenster hin geschraubt – Bock aber nickte zufrieden und Greif mehrfach ermutigend zu – doch, nein, jetzt kommt die genauere Erinnerung zurück: Das Bild nämlich, wie Stroh, während Stierl nur neutral vor sich hinstarrte, gerade an dieser frühen Stelle schon einen gleichsam bodenlos uninteressierten Blick wider die Stubendecke stemmte, einen Blick voll abgrundtiefen Desinteresses aus restloser Verachtung und Verächtlichmachung heraus, und dazu sogar, der Absicht noch zusätzlichen Schliff zu geben, die Brille abnahm – ja, ein schon richtig satisfaktionsbedürftiger Affront war das eigentlich von Stroh, indessen Greif doch nur, darüber hinwegsehend, ergänzend mitteilte, gerade auch im mittelalterlichen Konstanz wirkten solche Dinge, wie zuletzt im Schlepp von Bock und seinen Schriften der Bielefelder Historiker Peter Schuster in seinem Standardwerk »Täter, Opfer und Herrschaft«, Universitätsverlag Konstanz 1995, ausgeführt und nachgewiesen habe. Gerade im »Konfliktverhalten herrschender Gruppen gegen Randgruppen« dünke uns die Zeit um 1450 und gerade in Konstanz »so gewalttätig und deshalb mitunter so modern«, so Greif fast genießerisch lächelnd und dabei kurzfristig die unbebrillten Augen schließend. Zurecht spreche Schuster deshalb auch von »dosierter Gewalt«, die aber als kleinkriminelles Milieu jenseits der wirklich großen Verbrechen doch zuweilen ins Lebensbedrohliche reiche und entsprechend hochlodere.

Schummetpeter neben mir gähnte hier so hemmungslos wie gottseidank wenigstens lautlos auf und riß dazu den Mund und sodann, wie über sich selbst erschrocken, auch die himmelblauen Augen auf – vorne Bock aber nickte wieder so zustimmend wie gleichsam Greifs bzw. Schusters These des eminent Lebensbedrohlichen warm nachfühlend. Bock kam sodann kurz auf das Wesen des »Computus«, der Wissenschaft vom Zusammenrechnen im 4. Jahrhundert, zu sprechen, das Thema von Zeit und Zahl in der Frühgeschichte usw. – insgesamt zeigte Greif sich wohl auch hier beschlagen – und weiter ging es dann allerdings schon mit dem Komplex »Geschichte und Gegenwart des Mittelalters« als eines, so einstimmend Bock, frappant korrespondierenden Zeichensystems oder so ähnlich – Greif schien das auch, mehrfach heftig bejahend nickend, durchaus zu wissen bzw. es zu bestätigen und teilte ergänzend mit, Nähe und gleichzeitig Ferne des Mittelalters zeigten sich vor allem auch im Spiegel und z. T. eben im Zerr- und Hohlspiegel von Mode und Wissenschaft, siehe auch Gustav Seibts Aufsatz im »Merkur« Heft 12, 1999 (im Eifer brachte Greif wohl die Jahreszahlen durcheinander), wo die durch U. Eco ausgelöste neuzeitliche bzw. jedenfalls neuere »Mittelaltereuphorie«, so Greif, seines, Greifs, Erachtens überaus stringent und luzide begründet werde, von Fra Dolcino bis zu den apokalyptisch erregten Danteschen Höllenbildern, nämlich im Sinne der ästhetischen Autonomieansprüche des Poststrukturalismus – und beides nämlich, nickte Greif sich mehr selber zu und wischte fix übers glatte Haar, in der Kontinuität seines, Bocks, Buchklassikers über »Barbaren, Ketzer und Anarchisten«, wenn ich den rasch ausgesprochenen Titel richtig behalten habe – ein Buch, fügte Greif an und verbeugte sich sogar leicht und nicht ohne Grazie in Richtung Bock, »das es allerdings, wie wir uns hier alle einig sind, kaum oder nicht nötig hat, von mir hier dafür Reklame laufend empfohlen zu werden, nein, weißgott nicht!« rief Greif und lachte ganz rasch lautlos auf.

Bock vorne schien es aber trotzdem und tatsächlich und auch trotz des leicht verhauten Wortauflaufs sehr zufrieden und kam dann auch auf seinen eigenen Vortrag über die karolingische Begründung der historischen Größe in Bochum oder Bielefeld 1993 zu sprechen, den Greif ebenfalls gut oder doch ausreichend zu kennen schien, denn er bestätigte Bock gern, daß das darin aufgeworfene und thematisierte Problem von Friedrich II. und Lorenz Medici auch mit Bismarck und Hitler nicht zu Ende gelöst sei. Bzw., besserte Greif sich eilig und achtsam, natürlich auch über den hier sozusagen kontingenten und peripheren Hitler hinaus habe das genuin mittelalterliche Denkmodell der »Größe des Staatsmanns« im Sinne des auch von ihm, Bock, zurecht als referentiell zitierten Georg Gottfried Gervinus und seines ausgezeichneten Aufsatzes »Über die Historische Größe« von Heidelberg 1832 seine »keineswegs nur biedermeierliche«, sondern noch längst nicht erledigte Geltung, rief Greif aus.

Oder so ähnlich. Ich muß sagen, ich fühlte mich in dieser Phase des Gesamtrigorosums teilweise ein bißchen überfordert (erst später erfuhr ich auch von Primer jr., daß das Non-stop-Hintereinander von drei mündlichen Prüfungen mitnichten die Regel, sondern nur die Ausnahme angesichts von Greifs ja schon laufender Berufstätigkeit war, vielleicht auch eine von ihm selbst angezettelte Reverenz vor seiner quasi mit der linken Hand vonstatten gehenden Bildung und Beschlagenheit) – außerdem redeten nicht nur Prüfer und Prüfling überdurchschnittlich schnell, Greif dabei eingangs fast hektisch und teilweise wieder wie entfesselt nach Jahren langer und schmerzhafter Fesselung und Knebelung, wenn auch diesmal, anders als vorher bei Stroh, viel sanfter und ungleich leiser und teils wie lautlos nur so vor sich hin. Ja, und zusammen waren sie zuletzt und schon bald nach dem Start irgendwie auch richtig ins Duettmäßige oder auch Opernartige verfallen und gleichzeitig aber doppelt Litaneiselige, ja, beinahe wie ein aus langer Hand einstudiertes Gesangsartistenduo ließen sich die beiden da hören, ein Duo, das sich die Bälle zuwarf und wieder retourwarf – soweit es sich überhaupt um Fragen seitens Bock handelte, waren das mehr wie Angebote an Greif, sich gleichsam von seinem bei Stroh zugezogenen Streß jetzt erst mal richtig zu erholen –

– ja, fleißig und hurtig und comme il faut replizierte Greif, was Bock ihm an Stichworten und Angeboten unterbreitete, er echote und pingpongte es ihm zurück, daß es eine Art hatte, mit einer gewissen Geziertheit auch zuweilen, dabei war Greifs Gesicht – ein später Lichteffekt? – noch etwas spitzer, blasser und ockerner geworden, ungeachtet der zunehmenden kleinen Schatten im Zimmer aber auch irgendwie entblößter –

– ja, aber etwas Beschauliches war insgesamt seit Bocks Amtsantritt über unsere Rigorosumskammer gekommen, etwas, das auch Schummetpeter zu spüren schien, welcher nämlich, nachdem er seine »Take it easy«-Tüte erneut hervorgeklaubt hatte, sie nach kurzer Besinnung ungenutzt auch schon wieder verschwinden ließ und sich nur schwer aufseufzend durch die etwas altväterlich geleckte und geschleckte Haartolle fuhr –

– ja, und Greif wußte sich gleichzeitig unter Bocks Panier offenbar schon bestens geborgen, geborgen im wechselseitigen Umeinanderwissen und Aufeinanderverlassenkönnen, unter der Obhut auch jener »Wut des Verstehens«, mit der gleich darauf Greif Schleiermachers Wort zitierte, ja vielleicht gerade mit diesem Klassikerschlüsselwort hatten beide ihre jeweilige Prüfer-Prüflings-Rolle praktisch auch schon ganz vergessen und fast vertauscht, und es ging jetzt praktisch nur noch um die höhere gemeinsame Sache selber. Mit einer Lust sondergleichen, mit einer Lust, die scheint's gar kein Ende haben wollte, spielten sich beide da in den nächsten und deshalb auch wie raunend erregten Minuten die Fragen und Antworten und Bällchen und allesentscheidenden Wörtchen zu, richtig schon wonnig und schwelgerisch, dabei durchgehend sordinierten Klangs und zuweilen schon fast ins bienen- oder hummelhaft Summende entrückt. Vor allem, als beide dann gleich darauf uns Lauschende mit Plinius und seinem Buch über Naturgeschichte bekanntmachten, wobei Bock insbesondere Plinius' Leser im Zeitalter des Pergaments herausstellte, indessen Greif versetzte, die Mediävistik trage hier die Hauptlast in der wissenschaftlichen Aufarbeitung, und sich dann vorzüglich auch über die »Verantwortung uns Heutiger« für die, wenn ich das richtig aufgeschnappt habe, »Verwaltung der vorhandenen Codices« verbreitete und sich für sie stark machte und dabei auch mit Billigung des ihm nun schon unaufhörlich und ergeben zunickenden Bock das Zustandebringen der »Storia naturale« durch eine Pisaer Philologenmannschaft unter der Leitung von Gian Biagio Conte lobend erwähnte. Und dann auch gleich noch das allmähliche Zustandekommen der deutschen Ausgabe in der »Sammlung Tusculum« inclusive der Übernahme »der ebenso brillanten wie fulminanten Einleitung von Italo Svevo pardon: Calvino« pries und deren Vollständigkeit für die Jahrtausendwende erwartete. Bei welchen Worten unser Freund Greif sogar und wohl keineswegs zufällig wieder seine Brille von der Nase nahm und erneut triumphal, wenn auch ein bißchen blindlings und sogar blind in die Runde schaute, ganz so als ob dies schon jetzt und gerade hier ein feierlicher Augenblick sei, vor dem es gelte, wenn nicht den Hut, so doch die Brille abzunehmen. Und tatsächlich nickte hier Bock wieder mehrmals – wortlos und damit quasi vielleicht ja ganz besonders inständig.

Jener Bock kam dann in Bälde auf Theodor Mommsens »treffliche« Bezeichnung »Studierlampenbuch« für Plinius' Naturgeschichte zu sprechen, worauf

Greif aber gleichfalls gut präpariert und alles bestens im Griff zu haben schien, denn er gab Bock nicht nur recht, sondern im Lobpreis Mommsen in nichts nach und mit Bocks Billigung auch der Meinung Ausdruck, der von diesem »großen Historiker« damit wohl »implizierte und inkludente Spott« lasse sich heutzutage ungescheut auch als »Kompliment« uminterpretieren – richtig, denn, nahm Bock hier selber den Faden wieder auf, »im Lichte dieser Studierlampe« sei derzeit »aus einer nicht ganz unbekannten Feder« – Bock lächelte geheimnisvoll, und Greif kicherte hier sogar einmal kurz und wie japsend allesverstehend auf – ein nicht ganz unbeträchtliches »Fortschreibungsbuch« im Entstehen oder auch schon Erscheinen begriffen, ein Buch, spann Bock (und nur Greif allein schien ihm hier ganz folgen zu können) das Garn leise lächelnd weiter, welches den »Pliniusschen Steinbruch der Naturgeschichte« als »natura artifex« fortschreibe und ausdeute, »modern gesprochen als Gott also, wenn wir den Nietzscheschen Gottestod als Einspruch hier mal außer acht lassen«, lächelte Bock hier mehr schon im Selbstgespräch in sich hinein, und Greif, wie um ein noch heimlicheres Lachen zu verbeißen, hielt sich da sogar nachdrücklich die Hand vor den Mund.

Fürwahr, eine große Beschaulichkeit war, wie gesagt, seit einiger Zeit über unsere Runde gekommen, etwas wie ein Schleier von Wehmut freilich auch im vielleicht ja schon etwas kühler gewordenen Raume. Man hörte gewissermaßen den Stundenschlag der Ewigkeit ticken, wie die beiden da vorne verhandelten, ganz sonor und sacht und stad waren die Stimmen da zuletzt schon geworden, es wurde einem beim Zuhören so richtig wohl, und trotzdem irgendwie aber auch – bang. Ja, etwas Bängliches, Beklommenes, irgend etwas Mißliches auch lagerte jetzt über unserem Kreis und über allem, und ich denke, es hatte da insofern schon seinen guten Grund, daß Stroh vorne, inzwischen fast symbolisch etwas seitwärts von seinem Vorsitzendenplatz weggerückt, jetzt schon seit Minuten den Mund spitzte und minutenlang, ja endlos starr und voller Unmut angespitzt hielt, um dann endlich mit einer kleinen und wie zufälligen Grimasse einmal aber auch kurz die in rascher Andeutung gefletschten Zähne zu zeigen.

Gleichwohl, auch im Fortgang blieb Greif keine Antwort schuldig und zeigte Rückgrat auch und gerade noch da, wo er vielleicht doch weniger Bescheid wußte – ja, aber dann war es wieder zeitweise wie ein verliebtes Turteln, was die beiden, Bock und Greif, da vorne in diesen letzten Minuten veranstalteten und aufzogen, wie ein beidseitiger Austausch von Avancen und beinahe schon Amouren voll harmonischer Volten und schon artigster Finalrundungen, mit verschwiegenen Vor- und Selbstglückwünschen für die jetzt doch sehr absehbar sieghaft bestandene oder jedenfalls in Vollendung begriffene Prüfung Greifs. Auch Stierl rechterhand schien es mit seiner allzeit zufrieden fidelen Miene indirekt zu bestätigen – was Stroh in dieser nächsten Phase tat und mit sich anstellte und wie er vielleicht sich schon resignierend dreingab und fügte, daran kann ich mich jetzt gar nicht mehr so präzis erinnern. Irgendwie war es m. E. da vorne und in der Folge dann auch im Publikum zu einer Art mittlerem Zustand zwischen Schlaf und Wachen gekommen, wie es, wenn mir recht ist, in Nietzsches »Zarathustra« irgendwo steht, oder eben irgendwie auch bei Plinius oder Plutarch – von dem Stichwort »Studierlampe« an schienen die beiden voneinander vollkommen befriedigt und im Dämmer ihres lauschigen tête-à-tête ihrer Umgebung auch gar nicht mehr so richtig inne zu werden – irgendwann, erinnere ich mich, vermochte ich mich damals und zu diesem Zeitpunkt des Eindrucks nicht zu erwehren, das Ganze gemahne schon an ein anderes bekanntes Stückchen aus dem Hochmittelalter, an das große und endlose und hier aber nur mehr so piano und pianissimo gesungene Duett zwischen Tristan und Isolde – ich dächte, der Leser weiß oder ahnt, was ich meine. Es ging Bock dann in der Folge noch kurz um die karolingische Wissenschaft unter Karl und Chlodwig sowie unter einem gewissen Isidor, desgleichen – ich hoffe, ich schreibe alle Namen korrekt – Eriugena bzw. Johann Scotus, Pater Abälard und Albertus Magnus in Köln und Lauingen (auch mein Geburtsort!), Greif ließ auch hier nicht locker und ließ absolut nichts mehr anbrennen und zeigte sich dann sogar noch in den verborgenen Relationen Plinius-Darwin ausreichend informiert. Doch, immer wieder und immer noch schienen seine Repliken und Konzessionen und Explikationen bei Bock guten Anklang zu finden, und immer wieder ging das dann auch stark ins zeit- und raumentrückt Duettmäßige, herrje, was ein Geschäker und im übertragenen Sinne shake-hands-Getue und Gewürge, es spielte erneut hinein ins tristanhaft Wagnerische von unendlicher Melodie und nimmersattem Wogen und Schweifen, hierniedersinkend wie die unzertrennliche Nacht –

– das endete erst damit oder wurde unterbrochen und riß alle, Prüfer, Prüfling und Publikum, aus einer Art Trance, als plötzlich unter der Tür bzw. dann schon halb mitten im Zimmer eine kleine und braunlockige und hübsche junge Frauensperson erschienen war, in ihrem brombeerfarbenen Baumwollkleidchen fragend und recht ratlos um sich schaute und sich aber dabei anmutig aus ihrer Wespentaille drehte. Und dann nach endlicher Unterbrechung der Prüfung respektive des Greif-Bockschen Gemurmels und Geraunes (m. W. war da sogar, werweiß um Boden gutzumachen, Stroh in seiner Eigenschaft als Vorsitzender vermittelnd oder auch vereitelnd aufgesprungen) sich freundlich, zart und spürbar schüchtern erkundigte, »ob wohl ein Herr Helmstetter hier sein könnte«. Sie sah dabei etwas ins Ungefähre – wir alle anderen aber, meiner Erinnerung nach auch Bock, Greif, Stroh usw., blickten uns nun alle fragend und einander befragend an, aus unserem Dämmer hochgeschreckt vermutlich ja auch – als man nach einigen Sekunden soweit sicher sein konnte, daß keiner dieses Namens da war, da verneigte sich die hübsche Kleine höflich und mit kaum merklicher Andeutung nach allen Seiten und sagte leis und ein bißchen traurig, dann gehe sie wohl besser wieder. Noch einmal schien Stroh, sich dazu halb erhebend und am Halstuch zupfend, hier helfend eingreifen und vermitteln und notfalls sogar suchen gehen zu wollen – allein, die Kleine ließ ihn gewiß absichtslos ins Leere laufen, sie hatte schon kehrtgemacht und, die Tür besonders sacht hinter sich schließend, sich wieder zurückgezogen.

Was der eine oder andere sogar bedauern mochte. Ich entsinne mich, daß Schummetpeter mir da recht unerwartet zuzischelte, nein, halblaut zukicherte, die Kleine hätte man heute abend »im Rheinlokal« auch ganz gern dabeihaben können, für die hätte er, haha, schon ganz gute Verwendung gehabt.

Und dabei wohl sogar zum Abschluß mit der Zunge schnalzte. In Eile hatten derweil vorne Bock und Greif die Kurve genommen zum vielleicht letzten Programmpunkt und überhaupt den Faden wiedergefunden, nachdem Greif einige Augenblicke lang offenbar doch eine durch das unvorhergesehene Hereinbrechen der kleinen braunen Frau bewirkte gewisse Verstörung und Schwäche geoffenbart hatte, sichtbar geworden durch eine etwas harmvolle, beinahe geschmerzte Miene. Erst nach einer knappen Minute gewannen seine Sitzhaltung und seine Einlassungen Härte und Festigkeit zurück – es ging jetzt vor allem um den Tod im Mittelalter, das schien Bocks überragendes Spezialfeld zu sein und mochte seinen internationalen Ruf als erstklassiger Mediävist erst so recht begründet haben. Bock thematisierte zunächst wohl mehr aufs Geratewohl die Antinomie bzw. praktisch Dichotomie der übermenschlichen Marterfähigkeit des damaligen mittelalterlichen Menschen vor dem hilfreichen Hintergrund des dortmals üblichen Seligkeitsversprechens – abermals erwies sich Greif als gut gerüstet und gewappelt, vor meinen nur mehr geringfügig erstaunten Ohren entwickelte und entfaltete er sogleich die auch mir halbwegs vertraute heutige Todesverfallenheit des mittelalterlichen Menschen und, wenn ich das recht auf die Reihe kriege, speziell der mittelalterlichen Jungfrauen, was beides laut Greif uns heute noch Vorbild sein könnte und dergleichen –

– wozu Bock, während Greif aufrechten Blicks zu seinem geradezu strahlend geschwinden Stakkatosermon kerzengerade saß, ein bißchen wie ein Fragezeichen gewunden hockte und sich alles anhörte und seinen übergroßen und noch gut graubehaarten Kopf rieb und mit diesem dann immer wieder wie gewohnt auf und nieder nickte und wippte; wobei Schummetpeter jetzt zuweilen oder jedenfalls vorübergehend auch noch im fast identischen Rhythmus mit dem Knöchel auf der Schulbank mitklopfte und fast so verschlagen wie Greif dreinschaute, so als ginge ihm gerade dies oder jenes Licht auch auf –

– indessen Greif selber seitwärts vorne schon wie gewohnt versiert auf das Memento mori einging und die »Sympathie derer mit denen, die schon gestorben sind« erwähnte und sodann zügig auf das Jenseits im Diesseits zu sprechen kam, das z. B. aus dem Fegefeuer die Sozialidee der Brüderlichkeit aufbereite. Bzw. durch das irdische Fegefeuer der Krankenbetreuung einen »Teil des göttlichen Fegefeuers zum Dispens und zur Suspension bringt«, verbesserte Greif nach.

Das eben sei, ergänzte Bock hier sehr mild, »die bekannte mittelalterliche Stellvertreterkorrelation von Caritas und Empathie als Jenseitsvorsorge«.

»Zwischen Tod und Auferstehung im sogenannten Refrigerium Interim«, setzte Greif sofort nach, werde jetzt praktisch und nach der scholastischen Theologie »die Rente berechnet«, versicherte Greif, »der ewige und unbewegte Gott wird antithetisch ein Mitleidender – Kompassion, nicht erst, aber doch auch schon exakt nach dem modernen und späteren und etwas chicen Modebegriff«.

»Vom Jenseits ins Diesseits«, sagte Bock überaus versonnen, »führt also gewissermaßen und etwas verblüffend der Weg als Heilswegschleife zurück.«

»Genau«, versetzte Greif dies einräumend dankbar und aber auch zäh, »siehe die Darmstädter Gemälde- und Druckgrafikenausstellung Darmstadt 1995 folgende, siehe den Katalog ›Himmel, Hölle, Fegefeuer‹ über das

Jenseits im Mittelalter zur Ausstellung des Schweizerischen Landesmuseums, darin besonders den Aufsatz von Bodo Brinkmann und Daniela Mondini über die Rolle der sogenannten Stundenbücher um 1490 mit den kompletten Sterbedaten der Angehörigen«, rief Greif regsam und immer unerschrockener.

»Eben. Die dauernde Gegenwart des Sterbens als Bewährung sozialen Verhaltens. Was nun die Waldenser und Wiedergänger betrifft«, lenkte Bock vielleicht etwas unbedacht ab, »so könnten hier Inquisition und Fegefeuer durchaus« –

»Natürlich!« fiel Greif schleunigst darein und wußte sich auch da zu helfen »das Inquisitionsregister des Bischofs Jacques Fournier von Pamier ist wie ein Verfassungsbruch der seinerzeitigen Sittlichkeit!« –

– hier verlor sich Greif kurzzeitig etwas im Nebulosen und unkte ein bißchen ermüdend von der »confratria animarum existentiarum in purgatorio« herum, insgesamt aber stand er auch hier seinen Mann und wurde der Sache gerecht und ließ sich nicht zuletzt doch noch ins Bockshorn jagen, im Gegenteil, noch immer duettierten die beiden und turtelten ganz kommod miteinander und versicherten einander ihre Zuständigkeit und warfen sich dabei die Naschsachen zu, von Schummetpeter durch zartes Knöchelklopfen immer wieder mal applaudiert, turtelten und gurrten, manchmal etwas gar zu rasend gerieten dabei Greifs Redensarten und Responsorien, indessen Bock sehr stetig und verläßlich die Wörtchen drehte und wendete und gewissermaßen einen Schwall von Vertrauen und Vertraulichkeit auch über unsere Hörerrunde senkte – insgesamt aber fügten sich beide ganz gut ineinander, und Greif ruderte auch bald so gut wie gar nicht mehr mit den Armen, sondern sein Blick war zäh und fest auf Bock gezielt. Und blieb auch dort.

Ja, alles lief jetzt so gut, daß seitlich von beiden schon zu diesem Zeitpunkt Stroh den gelbgrauen Kopf bei abgenommener Brille geschlossenen Augs nach hinten bog, um – fast ein bißchen lümmelhaft sah das aus – sein Antlitz in verzweifelter Ergebenheit wider die Stubendecke zu richten, die aber, jetzt erst sah ich's, ebendort einen graulilanen, feucht wirkenden und ungefähr quadratischen Fleck aufwies, einen Wasser- oder vielmehr Ölfleck. Jawohl, Stroh schaute ihn so unverwandt und unvermindert und fast erstarrt schon an, daß auch mir persönlich spätestens in diesem Augenblick klar wurde:

Daß Greif nun aber auch ehrlich und definitiv gänzlich aus der Bredouille war, daß er nichts mehr fürchten mußte und daß er hier absolut niemandem mehr ins Garn ging. Sondern daß – und in diesem Moment leuchtete mir erstmals und blitzartig auch dieser Zusammenhang, diese Zweitschiene, auf und ein: daß in dem ganz speziellen Fight zwischen ihm, Greif, und ihm, dem (so viel war allen und natürlich auch mir längst plausibel) Greif so erkenntlich feindlich gesinnten und gesonnenen Prüfer und Prüfungskommissionsvorsitzenden Stroh, sich – die Waage längst geneigt hatte. Daß, nach Lage der Dinge und mit Bedacht geurteilt und abgewogen, Greif hier alles in allem längst schon haushoch führen mußte! Und sofort, noch während vorne Bock und Greif im Duett noch ein wenig herumtändelten und unisono voll d'accord zwei spezielle mittelalterliche Sterbefälle sowie die Schemata von Ariès besprachen, rief ich mir schlagartig und insgeheim noch einmal alle diesbezüglich belangvollen Dinge und Abläufe und Vorgänge in Erinnerung, jawohl, ja, mit einer gewissen Erregung notierte ich sie mir da auch sogar gleich (Bock kam gerade bedachtsam auf seine Übereinstimmungen und Differenzen mit Werner Paravicini, Kiel, zu sprechen) auf ein Spickzettelchen – und für dieses bin ich heute, bei der nun erfolgenden Niederschrift meiner Histörchen, natürlich recht dankbar:

Unverzüglich nach unserer Ankunft hatte Greif fraglos seinen ersten Punkt zum 1:0 gegen Stroh gemacht durch den Überraschungscoup, bei ihm an der Sprechzimmertür anzuklopfen – ohne jede Notwendigkeit. Ihm wie ein mittelalterlicher Turnierritter in bester Parzivalmanier frei die offene Brust zu bieten – ihm, dem gerade darüber aber konsternierten Feind und Widersacher. Ihm, Stroh, dem er, wie ich dann ja später erst merkte, am wenigsten über den Weg trauen durfte.

Zum 0:2 hatte Greif gewissermaßen dann sofort auch erhöht, als er ihn, Stroh, wie einen nicht abgeholten Pudel vor seiner Tür stehen ließ – operierend wie aus schierem Mutwillen, wie der Sache Stroh ja da schon schleunigst müde, wie ihn, Stroh, als substance négligeable da auch schon wieder glatt vergessend.

Vermutlich zum 1:2 aufgeholt hatte Stroh dann aber ganz ohne Zweifel durch die seitens Greif nicht verhinderte, ja kaum verhinderbare Übernahme des Prüfungsvorsitzendenthrons – wirklich ganz korrekt? Durch Los? Durch einen unsauberen Trick von dirty Stroh?

Wie auch immer, m.E. glatt zum 3:1 erhöht hatte Greif postwendend durch seine offenbar völlig angstfreie Souveränität des vorgetragenen Wissens und seiner gerammelten Wissensvielfaltsausbreitung. Wobei er sich nach meinem Dafürhalten sogar besonders gut aus der

Sache gezogen hatte, als Stroh selber ihn ins Gebet nahm und mit allerlei unbeholfenem Wissenschaftstheoriequark auf den Busch klopfen und Greif hinters Licht führen wollte. Ohne es doch verhindern zu können, daß Greif auch hier voll seinen Mann stand und bestens Widerstand zu leisten verstand.

Mit diesem auskömmlichen Vorsprung, so überschlug ich es da jetzt, indessen Greif und Bock vorne nochmals die alten Blut- und Rosenkriege streiften o. dgl., hatte er, unser Freund Greif, sich da sogar gewissermaßen die Nachlässigkeit leisten können, daß Stroh nach meiner Erinnerung mit seiner unterschiedlich konstruierten und insinuierten Verdächtigung, Greif gehorche dem »Neokonservatismus«, ihm fehle halt die – seine, Strohs! – »68er Erfahrung«, alles in allem um einen so leichtgewonnenen wie eigentlich unverdienten Punkt auf 2 : 3 hatte verkürzen können – Greif im Streß von Soziologiestreit und Paradigmenclinch hatte da wohl einen Moment lang seine Wachsamkeit vergessen, und schon war es passiert. Oder aber er hatte da vielmehr den psychologischen Moment eines durchaus denkbaren Konters versäumt.

Wie auch immer, die spektakuläre Wasserrohrhahngeschichte hatte dann doch wohl alles in allem Greifs Vorsprung wieder auf 4 : 2 zurechtgerückt – ganzganz eindeutig und einhellig hatte hier Stroh seine Fürsorgepflicht versäumt und vernachlässigt und es sogar selber eingestanden; was sich menschlich gut machte, was ihm punktetechnisch aber auch nichts mehr half.

Doch selbst dann, wenn man dieses Eingeständnis, wozu ich dann scheint's doch meinem Spickzettel nach zu schließen neigte, großzügig und generös als eine abermalige Verkürzung auf 3:4 bucht, war nun, da die Prüfung sich schon neigte, sich in einer für unseren Greif glanzvoll zu nennenden Weise ihrem Ende zuneigte, sein Vorsprung und Punktevorsprungspflaster auf abermals zwei geklettert, auf 5:3 nämlich. Und während ich dies mit mir beriet, und vorne Bock und Greif noch immer manierlich Artigkeiten austauschten und über Höllenpein und Purgatoriumsstrafen von neunfacher Feuersglut plauderten –: da, genau da, war in dem lediglich durch das wie sommerwarm webende Sprechgemurmel matt belebten Prüfungszimmer plötzlich und aber ganz eindeutig ein – Furzgeräusch, nein, ein ganz unverkennbares und knalliges Furzen zu hören, ein Furzen wie ein lang geschlossen gehaltener und jetzt gesprengter Pfropfen. Tja, ich weiß nicht mehr, ob alle im Raum es vernahmen und hörten und entsprechend erschraken oder doch wenigstens kurz aus ihrem Dämmer hochschraken, so wie da ich aus meinen Berechnungen: Jedoch beinahe sicher, nein, ganz sicher bin ich, daß es direkt von neben mir gekommen war, vom Chef Schummetpeter also, der gleichwohl jetzt schon, vielleicht mein Vorbild nachahmend, aber vollständig ruhig und ganz neutral mit dem Füller Notizen in ein Pocketbüchlein eintrug und gleichzeitig aber jetzt auch schon wieder und scheint's völlig abwesend einen weißen Bonbon aus seiner »Take it easy«-Tüte verdrückte.

Bock und Greif vorne schienen nichts weiter gehört zu haben, sondern waren, in den Schlußabschnitt, in die Coda, einkurvend, zu meiner gelinden Überraschung bei einem Thema angelangt, das wir heute schon mal dranhatten, nämlich wieder bei dem Petrarcaschen Mont Ventoux nordöstlich von Avignon – hier bei Petrarca, sagte Bock mit gerunzelter Stirn halb zu sich selbst, halb auf Greif, vielleicht in Richtung auch auf den tatsächlich aufhorchenden Stroh hin, sei nicht im modernen und d. h. östlichen Sinn der Weg, der Aufstieg, das Ziel gewesen. Sondern das Wiederheruntermüssen (hatte das sich Stroh vorhin nicht etwas anders zurechtgelegt?) – das Heruntermüssen übrigens nach der Lektüre des Livius (auch davon war bei Stroh ja keine Rede gewesen, wahrscheinlich hatte er's nicht gewußt), des Livius nämlich und dessen Bergbesteigung bzw. der des Philipp IV. von Mazedonien 181 v. Chr. Ja, tatsächlich, ich bin mir ganz gewiß, hatte spätestens hier Stroh den Braten gerochen und schon im nächsten Augenblick nach dem Köder geschnappt, um ihn anzubeißen – nämlich als Ko-Referent oder Sub-Prüfer hatte er hier wohl das Recht dazu, jetzt seinerseits Greif erneut ins Gebet und noch ein bißchen in die Mangel zu nehmen, indem er nun doch also tatsächlich mit unnatürlich und verstockt schnarrender Stimme und einer offensichtlich jedoch nicht allzu gut präparierten Frage über oberitalienisches Zitat- und Plagiatrecht Greif zu überfallen oder wenigstens zu verwirren versuchte, um damit vielleicht sein Score (momentan 3 : 5) wieder zu verbessern und den Anschlußtreffer zu schaffen –

– allein, erneut war da für Stroh kein Durchkommen, Greif brillierte abermals, wenn schon hier nicht durch großes Wissen, so doch durch ein paar wendig und vervig hervorgequirlte Redensarten sowie mit dem Verweis auf Burckhardts Nachschrift zum Renaissancebuch (m. E. der pure Bluff, dort steht, ich habe es nachgeprüft, gar nichts darüber); sowie vor allem dadurch, daß er bei der Gelegenheit Stroh wieder wie übermütig und schon wegwerferisch beleidigend nicht mal ordentlich ansah, sondern dabei ungehemmt heftig schmunzelnd immerzu und immer nur Bock im Auge behielt, wie in schon totaler und sterbensmäßiger Mißachtung des andern, Strohs, der personalen Gegenwart Strohs (m. W. das alte Realienproblem des alten Scholastikerstreits!) –

– ja, und dann ging Greif schon wieder überfrech und vielleicht eine Idee zu überfroh dazu über, dem Publikum und Bock sozusagen aus freier Entscheidung und in eigener Verantwortung eine Solonummer wieder vorzumachen, mit einer Art freien Schlußstretta aufzuwarten: Indem er nämlich – Stroh saß inzwischen wieder gebeugt und in sich geknickt und zerbeult und auch richtig bockig – im Zusammenhang mit der geschichtlichen Gegenwart des Mittelalters und deren bekannten Paradigmata über die in der einheimischen Mediävistik geläufige Todverfallenheit des metaphysischen Ich hinaus noch einmal und mit verhaltener Kraft und mit schon geruhsam verschränkten Armen auch die Äquivalenz der Heilsgewißheit dieses Ich herausstellte und unterstrich. Not tue eine Rückbesinnung, sagte Greif besinnlich und schloß vorübergehend die Augen, ehe er dann wieder allegro agitato loslegte. Und dabei, während Bock wie gespannt auflauschte, Stierl sich seitwärts beugte und Stroh wie in allerlei Interna und Drangsale versunken jetzt aber wirklich stark verfallen, ja sterbensmüde aussah, sogar ein bißchen scherzte und mit Blicken und Händen bzw. Fingerstrekkungen wieder gleichsam Honneurs und kleine Witze ins Publikum hineinmachte und dann einmal auch die Lippen fischartig auf- und zuschnappen ließ oder vielmehr einen Vogelschnabel formte, so als wolle er hier auch richtig lausbubenhaft auf seinen Namen Greif anspielen.

Ja, wie ein heiteres Nachspiel, wie schon absichtsfreies Wohlgefallen, mit Plato zu reden, war wohl jetzt vieles, wenn nicht alles, was unser Freund Greif da hervorzauberte, so kam es wohl jetzt allen im Raum vor, und so auch mir, und Schummetpeter linkerhand ließ sogar zweimal ein Ächzen freudigen Wohlbehagens vernehmen. Ganz und gar unbeschwert ging es da auch noch kurz wohl um einen sogenannten Historikerstreit rund um den empirischen Soziologen Habermas, unter manchem anderen übte Greif dann auch noch schnell und schonungs- und illusionslos Kritik an den mainstreams der momentanen französischen nouvelle Philosophie oder dergleichen, Knall auf Fall entlarvte er die Konstantinische Kränkung als Fälschung, dann wieder kam Greif auch noch geschwind auf die alten »artes liberales« sowie Cola Rienzi zu reden, welche beiden er geradezu schwungvoll musikalisch, wie in einem Finalwalzer abfeierte, wieder wie halb losgelöst schon von der Welt, aber jetzt eben mehr walzerselig abhebend schon – jawohl, ein »wahres Ketzerparadies« so Greif, unterm Signum (oder Stigma, ich weiß nicht mehr) der Cattolica, sei das ganze Mittelalter, dieses angeblich finstere Mittelalter, insgesamt gewesen, ein Paradies, holte Greif ein werweiß letztes Mal weiter aus und ließ noch einmal ein Highlight nach dem andern steigen, ein säkularisiertes Paradies der Häresie, des heute wieder von den Mitscherlichs einst so metakritisch oder jedenfalls emphatisch geforderten und eingeklagten Ungehorsams, rief Greif in einem gewissen Crescendo und, so will es mir heute am Schreibtisch vorkommen, letztlich um auch hier Stroh noch einmal zu treffen und zu strangulieren und durch Lächerlichmachung auszupeitschen und auszubooten.

»Ein Paradies, ein profaniert Dantesches Paradiso!« rief Greif laut, »ein Paradies noch inmitten einer, nie möge man das vergessen, im Mittelalter ja entschieden radikalindividualistischen Kirche!« rief Greif weiterhin laut und jäh und fast in Atemnot schon, »ein Paradies, todentrückt und hedonismusbeglückt wie sonst nur der amerikanische pursuit of happiness von 1776«, verlängerte Greif vielleicht schon fast lästerlich und inbrünstig und gleichzeitig wie abgefeimt und doch auch schon etwas lebensentrückt, »ein Paradies inmitten der Geißler und ihrer in diesem unserem Kreise hier nicht vollends unbekannten Weltenderwartung, eschatologisch und chiliastisch in einem Atemzug, ein Paradies«, nahm Greif einen wohl allerletzten Anlauf zum Absprung, »nicht zuletzt im Sinne des Joachim von Fiore und des von ihm bekanntlich einst vorausgesagten Untergangs der fleischlichen Kirche. Ich danke Ihnen!«

Blitzrasch hatte Greif sich verbeugt, hatte nach vorne zu den Prüfern hin, aber auch schon beinahe unmerklich wiederum ins Auditorium hinein eine winzige Verbeugung vollzogen, war ebenso flink aufgestanden dazu und hatte sich aber schon wieder hingesetzt. Kurzzeitig hatte ich das Gefühl, als ob alle drei Prüfer oder auch das Publikum oder eben wir allesamt zusammen jetzt ganz laut und heftig »Vivat! Vivat! Vivat!« rufen und die Hüte vor Begeisterung in die Luft werfen würden oder jedenfalls sollten – aber es kam anders und viel ruhiger, jemand öffnete jetzt tatsächlich noch schnell das Fenster, ich glaube Milch, Bock nickte Stroh und dann auch Greif noch geschwind einverständig zu, kurzum, der Prüfung dritter Teil war damit tatsächlich gleichfalls aus und vorbei, und in toto hieß das, was für Eingeweihte freilich lang schon zu wissen war: Wieder ein glatter Punkt für Greif. Eindeutig und hochverdient stand es nun 5 : 3.

Und es dauerte keine halbe Stunde, da hatte ihn, Stroh, Greif gleich noch einmal verprügelt, da sah es für Stroh gleich noch schlechter aus und drohte zum Debakel auszuwachsen: da hatte sich der Spielstand nämlich auch schon auf 6 : 3 erhöht. Wir standen nach Beendigung der ganzen Prüfungssache wieder vor der Kammer auf dem halbschattigen Flur und Gang herum, das Dreierkonsortium hatte sich unter Zuziehung von Milch und Frau Schratt irgendwohin zu einer Schlußberatung zurückgezogen, um sich mit Greifs definitivem Abschneiden zu befassen – Greif, unser Mann, lief ein wenig hin und her und wiegte mehrfach bedenklich den Kopf hin und wieder und wirkte aber dabei überaus gefaßt und besonnen und sogar ein bißchen durchtrieben – Schummetpeter zupfte sich an der Nase und versuchte dann auch allerlei Klamauk zu machen, um uns die Wartezeit zu verkürzen, die man, Greif zu ärgern, wohl seitens Strohs noch unnatürlich in die Länge zu ziehen trachtete, wie eine letzte Drangsaliererei –

– aber eigentlich stand für alle ja längst schon fest, daß Greif glanzvoll bestanden hatte, Bock hatte ihn vorhin auf dem Flur noch einmal mit erhoben angewinkelter Hand freundlichst gegrüßt und ihm leutselig zugewinkt und kein Hehl mehr drausgemacht – auch Stierl hatte da nicht versäumt, Greif präventiv und praktisch augurenartig schon mal kräftig die Hand zu pressen – nur Stroh hatte, wie jetzt Greif, irgendwie voller Sorge und Bedenklichkeit vorhin den sehr ovalenen Kopf hin und her gewiegt und sogar gewogen und arg bedrückten

Blicks schon wieder mehr als wägend die verhältnismäßig fleischigen Lippen gespitzt und nach vorn verjüngt, noch während er die beiden anderen sowie Milch und Schratt mit einem gewissen Elan in sein Sprechzimmer gebeten hatte, doch dies durchaus Bedenkliche ja auch wohl mehr pro forma und rein optisch und, wenn Sie so wollen, schon in Resignation, ja Einsicht in seine Niederlage.

Ja, nein, eigentlich schien sich hier Greif seinen Sieg schon nicht mehr verscherzen zu können, allerdings die Erregung, mit der nun Greif in diesen bänglichen nächsten Minuten sich die Beine vertrat und immer wieder mit beiden angespitzten Zeigefingern in beide Nasenlöcher ein- und hochfuhr bzw. doch an der äußeren Nasenwand entlang und einmal auch stark nachsinnend die Augen zuzwickte – die war ja auch nicht zu übersehen; noch zu verleugnen, als er nun, mitten im recht fahrigen Gespräch mit Epps, mir und Schummetpeter, plötzlich einem geschwind vorbeistreunenden und ihm wohl bekannten jungen Mann im Overall unverhältnismäßig laut und möglichst kess zurief: »Ja, alles gelaufen, jaja! Ja, Ende der Fahnenstange!« –

– mir kam das sogar ein wenig abwegig vor, und etwas Abwegiges war gleich darauf auch sicher daran, daß Greif, inzwischen fast wie besessen auf Schummetpeter einsprechend, nun plötzlich und sehr planlos eine Kußhand auf Gries – und mich? – hin in die heiße Luft warf. Ja, doch, etwas durchaus Ungutes lauerte und lagerte in dieser kitzligen Situation und trotz allen ausgewiesenen Vorsprungs für Greif noch immer in der Luft, und das änderte sich verblüffender Weise auch kaum oder nur bedingt, als dann die drei Prüfer endlich wieder zu uns schritten und traten, um endlich, eigenwilligerweise aber nicht aus dem Mund des ja wohl eigentlich zuständigen Stroh, sondern aus dem von Bock, der dazu allerdings eine unerhört quergefaltete Stirn zeigte, mitzuteilen: Bestanden für Greif, klaro, aber auch schon mit Glanz und Gloria, nämlich mit »summa cum laude« – ein Gemurmel der Freude und der Anerkennung war es wohl erst einmal nur, was da unsere Zaungastrunde über- oder unterwölbte; ich freilich hatte hier trotzdem abermals das Gefühl, daß jetzt alle nochmals gern »hurra!« oder »evviva!« oder sogar »juvivallera!« gerufen und die Hüte hochgeworfen hätten, wären in dieser Julihitze ja nicht alle miteinander barhäuptig gewesen, und allerlei andere Entgleisungen und gehaltlose Späße mehr. Und aber daß das Jubeln wohl mehr jetzt innerlich stattfand; denn zweifellos, ganz ohne Frage hieß es jetzt und damit auch schon satt 6 : 3 für Greif.

So schien es auch Stroh zu sehen und seine Unterlegenheit zumindest für heute ehrlich eingesehen zu haben, gleichwie verstockt und verdrückt gratulierte er dem dabei erneut wie flüchtig und unbehelligt an ihm vorbeiblickenden Greif, gewiß mehr pflichtgemäßig schüttelte er, Stroh, ihm, Greif, kurz die Hand, um sich dann nach einem Zuruf an Stierl wieder vorerst zurückzuziehen. Gleich drauf aber schon wiederzukommen und ein paar unglaubwürdig vergnügte Grimassen auf Bock vor allem hin zu schneiden, lauter Verlegenheit halt, es kam ihm da auch sein unentwegtes Zupfen am Blümchen-Halstuch kaum zustatten – es stand da jetzt zeitweise aber auch ein schöner Hund bei uns und unserer Gesprächsgruppe, ein sehr schöner mittelgroßer Golden Retriever-Hund, der wohl m. E. Bock angehörte und den sie allesamt »Benno« riefen, auch die Epps, die ihn ja schon besonders ins Herz geschlossen hatte –

– Stroh freilich schien dann noch immer und wiederum nichts Gutes im Schilde zu führen, er hatte uns zwar schon wieder verlassen, aber nur, um, wie sich herausstellen sollte, zu einem mittelprächtigen Gegenschlag und Coup auszuholen und, wie sich später zeigen sollte, sogar zwiefachen Scoop zu landen: Zu unser aller Verblüffung drang plötzlich und gänzlich unverhofft Strohs Stimme gut verständlich, aber per Lautsprecher, an unsere darüber fast erschrockenen Ohren – jawohl, und Stroh sprach da also, er bitte um Nachsicht, aber Greif möge sich doch bitte noch für zwei Minuten in seinem, Strohs, Sprechzimmer einfinden, er bitte dringend darum usw. –

Nanu? Neue Zumutungen? Noch immer kein Ende der Kujoniererereien und des Spießrutenlaufens? Greif, sichtbar konsterniert, aber dann wohl der Meinung, er, Stroh, tue das und rufe in seiner Eigenschaft als Kommissionsvorsitzender, folgte unverzüglich und stantepede, Schummetpeter scherzte derweil fast grob und nämlich auch etwas nervös auf die Epps ein, nun gehe es Greif vielleicht doch noch an den Kragen, jetzt bürste ihn Stroh doch noch ab, so zwickte er mit den Wimpern schlagend gleichsam den abwesenden Freund auf, während Gries jetzt, so wie ich, gleichfalls wirklich zu grübeln und zu brüten schien, und Schummetpeter aber weiter witzelte, jetzt erst beginne für Greif wie seinerzeit für Petrarca die wahre Berggefahr, nämlich der Abstieg usw., hahaha! Schummetpeter konnte sich gar nicht mehr einkriegen und genug tun vor nervöser Lustigkeit und genug sattlachen an seinen Witzen – jetzt aber trat

Bock, seinen Hund mit sich führend und ihn tätschelnd und immerzu streichelnd, von Stierl weg zu uns heran und teilte uns sogleich weich und chevaleresk mit, am Gesamtresultat »summa cum laude« habe eigentlich von Anfang an kein ernsthafter Zweifel bestehen können, die Wasserhahnsache hin und her, sagte Bock abwiegelnd und wie in belustigter Erinnerung an diese Rarität inmitten des wissenschaftlichen Alltags. Wobei er, Bock, die Beschwerde Greifs ja durchaus begreife, sagte Bock, streckte seinem Hund die linke Faust ins Maul und ließ sich etwas später von ihm ausgiebig den Unterarm abschlecken. Allein, man müsse wissen und verstehen, daß auch und gerade in der modernen Reformuniversität der Versorgungsstand vulgo Service das voraufgeklärte Mittelalter noch unterschreite, tatsächlich und nachweisbar, in Paris und Bologna, berichtete Bock schmunzelnd, seien schon, während hier heute noch aus purer Mittelfalschverteilung heraus der reine Notstand und finsterste Mythos herrschten, um 1220 den Studenten Milch und Eier verabreicht worden usw. –

Hui! Eilig, ja ungestüm kam da Greif wieder des Wegs, schreitend und ausschreitend, deutlich aber im Schwerpunkt etwas schräggelagert, auch sogar ein bißchen atemlos, und wir, die wir hier eigentlich schon zum Aufbruch, zum Fest und Abendessen, gerüstet waren und hatten – wir erkannten sofort, daß da noch was faul im Staate, daß da etwas durchaus Unerquickliches und Feindseliges passiert sein mußte. Und in der Tat, Greif zierte sich zwar ein paar Sekunden lang und druckste herum und in aller Fahrigkeit versuchte er ganz hastig wohl auch ein bißchen Fröhlichkeit aufzulegen, er schaute aber doch so finster, daß er niemanden hier täuschen konnte – und bald rückte er denn auch, Schummetpeter, Gries und mich vertraulich um sich scharend (und in betont ausreichender akustischer Entfernung zu Bock und Stierl), mit der Sache und der etwas komplizierten und verfahrenen Wahrheit heraus – ich mache es hier kurz:

Er, Greif, so Greif, sei also zu Stroh in sein Amtszimmer, man habe sich dazu auch niedergelassen, er sei von Stroh sogar nochmals beglückwünscht worden zum »erwartbaren«, so Stroh laut Greif, »summa cum laude«, er, Stroh, habe dann aber, ihm gleichzeitig eine Tasse Pulverkaffee anbietend, gesagt, an diesem »summa cum laude«, soviel sei klar, sei nichts zu deuteln, da beiße die Maus keinen Faden ab – indessen, er, Stroh, habe leider die reine Note Null – nämlich 0,00 – der beiden anderen Prüfer nicht teilen können. Sondern sich, habe Stroh gesagt, sagte Greif, entschließen müssen, seinerseits nur die Note 0,33 zu geben, »die, ich weiß, unbeliebte 0,33«. Das aber sei, wie er, Greif, wisse, die heute übliche Note für überragende wissenschaftliche Leistungen mit der prospektiven Einschränkung, daß die betreffenden Aussagen bei nicht ultimativ gegebener Konkordanz mit dem objektiven szientifischen Stand der Wissenschaft selber erfolgt seien – so ähnlich berichtete es Greif. Und deshalb, erzählte Greif hier sogar richtig angekränkelt und krampfhaft kichernd (in Wahrheit, man hörte es genau: angegriffen, ja deutlich verstört und gestört), habe er, Stroh, ihm, Greif, nicht nur den schon versprochenen Neskaffee, sondern auch die glatte Null versagt. Nämlich ihm bedeutet, daß sich damit und nach dem neuen Lionel van der Meulenschen Prüfungsrechnungsverfahren das Gesamtresultat von 0,00 auf insgesamt 0,17 beeinträchtige. Oder jedenfalls halt verschlechtere. Was aber selbstverständlich doch immer noch »summa cum laude« sei.

Van der Meulen, habe Stroh noch angefügt, sei übrigens seines Wissens vom Weltschachverband Fide beauftragt worden, ein analoges Wertungsverfahren für die Schachcomputerweltrangliste zu erarbeiten, welches die alten und bisherigen und ungenaueren Elo-Indexzahlen ablösen solle, habe Stroh erzählt.

Dieses van der Meulensche Verfahren, kam Greif auf seine Sache zurück und schien nun doch noch deutlicher vergrämt und vergrätzt und auch rachsüchtig, könne ihm aber sowas den Buckel runterrutschen – natürlich, ganz klar, sei das eine Sanktion Strohs, ihn, Greif, für seine Meinungsfreiheit und (wenn ich Greif richtig zusammenfasse) auch streckenweise wissenschaftliche Überlegenheit zu strafen.

»Ach, du grüne Neune!« rief da Schummetpeter und patschte seinem Mann auf beide Schultern, tröstete dann aber den Kompagnon ganz freundlich, das könne ihm doch ganz gleich und schnuppe sein, »wenn nur der Doktor steht, und mit summa cum laudans steht er doch wie ein Haus, wie eine Eins!« rief Schummetpeter – und in diesem Augenblick aber sah man Stroh wieder zur Professorengruppe treten und stoßen und sofort richtig feurig auf die Kollegen einreden.

»Eben nicht!« rief Greif voller Heftigkeit, dämpfte aber wegen Strohs Nähe sofort und sogar übertrieben heftig seine Stimme. Nicht nur stehe diese Note 0,17 nun »als wie ein Makel für alle Ewigkeit«, sagte Greif, aber das sei es gar nicht so sehr oder eigentlich gar nicht, so Greif vorübergehend etwas beengt, daß dieses 0,17 auch im schriftlichen Dissertationspatent, also in dieser Urkunde, verzeichnet und »eingraviert« (Greif) sei. Zweitens und viel schlimmer bzw. »noch obszöner« (Greif sprach nun sehr theatralisch leis beschwörend nah an Schummetpeters Ohr, ich kriegte aber alles mit) und blöder sei etwas ganz Anderes gewesen: Stroh habe ihn, Greif, vorhin im fast gleichen Atemzug nach der 0,17-Sache auch noch gefragt, ob er, Greif, nicht jetzt doch mit dem Gedanken spielen wolle, nach diesem geschafften akademischen Abschluß besser doch wieder dieses Konstanzer Institut zu verlassen – »dieses Institut«, habe er gesagt, wisperte Greif, »als ob er mit spitzen Fingern danach greife und sich aber dabei nicht beschmutzen möchte!« – dieses unklare Institut also zu verlassen und doch besser hierher nach Baden-Baden, genauer gesagt unter Umständen zu ihm, Stroh, zu kommen, als zweiter wissenschaftlicher Assistent, wozu jetzt der Kultusminister Mayer-Vorfelder extra eine neue Planstelle geschaffen habe – ja, doch, habe Stroh mehrfach und immer wieder gesagt, nach dieser soeben erfolgten wissenschaftlichen Spitzenleistung bei der Prüfung trage er, Stroh, da keine Bedenken mehr, sei er, der Lehrstuhlinhaber, ja durchaus und sehr wohl geneigt, an ihn, Greif, das als ernsthaftes Angebot heranzutragen.

»Ich denk, ich steh im Wald!« rief Schummetpeter leise und beschwörerisch flüsternd, aber mehr heiter und genaugenommen recht besinnungslos, und er versuchte sogar während Greifs Bericht etwas durch die Zähne zu pfeifen. Ja, setzte Greif mit recht rachsüchtiger Miene seinen Report fort (und ich bin nicht sicher, ob Strohs Ohr vier Meter vor uns nicht doch sehr gezielt auf ihn hinlauschte und eine Menge mitkriegte, dieser Professor konnte sich ja sehr gut denken, wovon da Greif so leidenschaftlich wispelte und zischelte), und eine gewisse »Vermixung von Verdinglichung und Instrumentalisierung« habe er, Stroh, ihm, Greif, auch vorgeworfen, auch finde sich der Begriff der »Entfremdung« zwar tatsächlich und bekanntlich schon bei Hegel, indessen habe schon der Hegelianer Rosenkranz Zweifel an dessen inhärenter Logik oder Semantik angemeldet, habe Greif von Stroh da auch hören müssen. Und derlei Kinkerlitzchen mehr. Und dann plötzlich und überfallartig habe Stroh das obskure Angebot mit Baden-Baden gemacht.

»Um in Baden-Baden 2,5 statt 12,5 bei mir zu machen!« platzte hier Schummetpeter so richtig grob heraus. Greif legte die beiden mittleren Finger auf den Mund: Pst, Stroh brauche davon nichts hören! Und flüsternd und z.T. aber auch wie abwesend murmelnd ergänzte Greif, wie in Verantwortung vor seinem Chef: Natürlich sei klar, daß Stroh ihm damit alles habe heimzahlen wollen, wild darauf aus, seine, Greifs, Aufsässigkeit bei der Prüfung zu ahnden – und aber auch und vor allem, flüsterte Greif immer behender, daß er, Greif, seinerzeit von der Uni weg die Mücke gemacht habe. Seine glänzende Prüfung mit Note eins »bzw. 0,17«, lachte Greif, aber etwas künstlich und durchaus noch geschmerzt und wie unter einem Schleier verbissener und verborgener Tränen, die habe, verlängerte Greif, ihn, Stroh, weniger gejuckt – wohl aber noch immer seine, Greifs, damals vor vier Jahren bekundete und dann auch ausgeführte Absicht, eben nicht hier bei Bock oder gar bei Stroh an der Fakultät und in Baden-Baden zu verbleiben und brav als wissenschaftlicher Hiwi zu dienen. Sondern in die freie Publizistik, nach Konstanz eben, zu gehen. Das habe ihm, so Greif, Stroh nie nachgesehen, das habe der Mann nie verwunden. Das nämlich habe er nach Maßgabe seines merkwürdig obsoleten Bildungskodex als Ohrfeige, ja als Nackenschlag empfunden. Empfunden und empfinden müssen, echote sich Greif wie maulend. Das genau habe Stroh nie vergessen, nie ihm, Greif, verzeihen können. Das habe diese merkwürdig »vorweltlichen Paraordensregeln« (Greif) auch der heutigen Akademikergeneration zutiefst verletzt. Und ihm Strohs Haß auf den Pelz gehetzt. Jetzt, faßte Greif noch einmal zusammen, nahm die Brille ab, putzte sie in Eile und setzte sie wieder auf, habe er, Stroh, es ihm heimgezahlt. Dreifach, rief Greif hart und aber leise. Und mit dem »aberwitzigen Angebot«, bei ihm als Hiwi Nr. 2 zu arbeiten, schon ganz besonders infam. Stroh wisse nämlich explizit und schon seit Jahren und darüber hinaus, daß er, Greif, eine »freie demokratische Wissenschaft unter sozialdemokratischer Oberaufsicht« niemals mache und billige und zu vertreten gesonnen sei. Das sei mit ihm, Greif, nicht zu machen, brüstete sich Greif und warf sich dabei tatsächlich ein bißchen nach vorne, mit der Brust in die Brust, ja, wie ein Rekrut bzw. Reckturner reckte er da die Brust. Und heute weniger denn je, rief Greif und brütete da nach meinem Eindruck irgendwie schon Rache, mindestens den Gegenschlag, neue Vergeltung. Und genau deshalb, wegen dieser also doppelten Absurdität, faßte er nochmals zusammen, also der politischen und der ökonomischen, nämlich causa pecuniae, schon ganz besonders, flüsterte Greif voll Energie, dabei immer wieder aber auch verstohlene Blicke auf Stroh und seine Helfergruppe seitwärts werfend.

Man hatte hier als Außenstehender tatsächlich den Eindruck, Stroh, fünf Meter vor uns links, ahne, ja wisse ganz genau den Grund von Greifs großer Flüstererregung. Ja, indem sich jetzt sein Haupt – ein Löwenhaupt zu sagen wäre nur leicht übertrieben – zu Stierl an den Mund neigte, schien er gar wie tiefinnerlich zu lächeln, im Lächeln freudig auf Stierl einzulauschen und gleich darauf auf Bock einzuhämmern, der dabei aber wieder nicht vergaß, sehr stetig seinen goldenen Hund zu tätscheln, den vielleicht ja einzigen guten und ganz aufrechten Charakter unter uns allen, der Hund schien aber auch, seiner Hechelzunge und seinem leicht schräggeneigten Kopf nach zu schließen, Vertrauen gerade in Stroh zu haben, auch wenn er bei dessen Reden nach Manier der Retriever zuweilen etwas hochmütig schaute. Während Stroh fachierte und einmal sogar den ganzen Arm zweimal um den bzw. über dem Kopf rund kreisen ließ. Indessen hier bei uns Greif zwei Minuten wie angewurzelt stand und in seinem Schmerz alles um ihn herum vergessen zu haben schien. Allzu oberflächlich der Scherz, mit dem er sich dann bei mir (warum ausgerechnet bei mir?) erkundigte, ob ich das Rigorosum in all seinen Facetten als spannend oder wenigstens erträglich empfunden hätte (oh ja, das hatte ich!) – aber noch immer schien Greif da weilchenweise und auch letzten Endes noch in den ganzen nächsten fünf Stunden zu brüten, es schien an ihm eine unterdrückte und manchmal schon ganz ohnmächtige Wut zu nagen, weil er sich halt letztlich doch verrechnet und es sich verscherzt hatte, wenigstens teilweise verscherzt hatte durch seine übergroße Renitenz und Fürwitzigkeit, die Stroh nach meinem Eindruck ja ahnden hatte müssen, es war ihm gar nichts anderes übriggeblieben – und jetzt also schmerzte es ihn, Greif, ja spürbar doch, und er grollte und wollte jetzt offenbar auch nicht mehr damit behelligt werden, blind starrte er gegen die Wand mit der Plakatankündigung von Joan Baezens Widerstandssongs oder dgl., ja, beinahe schon verloren und weggetreten stand Greif und fingerte nur zupfend an seiner sehr regelmäßig gebauten Nase herum und schmunzelte auch allzu künstlich.

So oder so, nach diesem doppelten oder, laut Greif, sogar Dreifachschlag Strohs hatte sich die Situation schon wieder verändert – selbst wenn man die Sache mit der Notendegradierung und dem Scheinheiligkeitsangebot als einen unauflöslichen Doppelschlag, also als nur einen Punkt für Stroh wertete (und an Greifs »summa cum laude« war ja immerhin gleichwohl nicht zu rütteln), stand es jetzt nach meiner Zählung wieder nur mehr 4 : 6, 6 : 4 also noch für Greif – und dies ja sogar noch vor dem erlösenden Abendessen, von dem jetzt schon immer häufiger die Rede war – ein sattes Polster also, wenn Sie so wollen, auch wenn es jetzt schon wieder nicht mehr so sehr nach einem Desaster, einer Katastrophe für Stroh und einem Kantersieg für Greif aussah, so wie vor einer halben Stunde noch, und auch wenn damals, es war inzwischen kurz vor fünf Uhr, noch keiner hätte voraussehen können, daß Greif da in der Folge sich noch ernsthaft am Zeuge flicken ließ und in Bedrängnis geriet, nicht einmal ich. Ziehe ich hier und heute an dieser Stelle der Aufbruchsstimmung Zwischenbilanz, so täuscht bzw. täuschte dieses 6 : 4 sogar etwas und bringt m. E. keineswegs die Führungsüberlegenheiten Greifs auf fast allen Gebieten vom geglückten Paradigmenwechsel über Petrarcas Bergtour (sogar bei zwei Prüfern!) bis hin zu seinem, Greifs, Wasserhahnversorgungsstückchen adäquat zum Ausdruck. Und als er, der nämliche Greif, kurz darauf endlich zum Aufbruch blies und zum Festschmaus am Rhein aufrief und drängte und dazu (ich erlauschte es sehr genau) besonders freundlich und nachhaltig auch und gerade Stroh ein- und dazulud, da schien doch alles wieder seine Ordnung zu haben – und dennoch, wer genau hinsah und hinhörte auf Greifs momentane Befindlichkeit, der spürte wohl, wie innerlich erstarrt unser Mann noch immer war, wie düpiert von Strohs 0,33 bzw. 0,17-Trick, ja, doch, ich sah und begriff es sehr wohl, Greif, wie munter er auch immer jetzt seine Leute zusammentrieb, er schien sich ja noch immer stark zu grämen und richtig tierisch zu fuchsen –

– ja, er hatte für seine Aufmüpfigkeit teuer bezahlt, unser guter Greif, klar, er hatte sich da einfach zu weit aus dem Fenster gehängt und Strohs Konterqualitäten und z.T. amtsbedingte Konterchancen unterschätzt, wie sie ihn nun als unverhofftes Revanchefoul eingeholt hatten –

– gleichwohl, gerade deshalb und immer noch auf dem Polster seines 6 : 4 behaglich ruhend, sah es für Greif ja gleich noch besser aus durch die Freundlichkeit von Strohs Zuladung und Hinzuziehung, vor dem Hintergrund solch wahrlich souveräner Ritterlichkeit und des laissez-faire und der wahren liberalitas scientiae als gens una sumus, und selbst wenn Greif damit auch trübe Absichten hätte verbinden wollen: ich würde sagen, damit stand es sogar wieder 7 : 4 für ihn. Allein, postwendend machte dann wieder meines Erachtens auch Stroh seinen Punkt und Point, den Aufholtreffer zum 5 : 7. Indem er einerseits sein abendliches Erscheinen ebenso kordial wie item plural gesonnen und modern libertär mit großer Geste (er nahm sogar die Brille dazu ab) zusagte – zum andern aber gleich darauf doch wieder in

Frage stellte: Denn gerade sei ihm noch eingefallen, sagte Stroh wie bänglich, und, seine grüngrauen Augen huschten gleichwie verhetzt durch einen imaginären Terminplankalender, daß für heute abend »mit keiner geringeren als meiner Frau« ja ein Arbeitsabend anberaumt sei, mit seiner Ehefrau also, mit der er zusammen ja auch an diesem neuen Buche sitze über den »Naturbegriff« oder so ähnlich, wie man wisse, wandte er sich verbindlich an uns alle und sah dabei auch Greif ebenso fest wie andererseits verächtlichmachend an – ja, es sei dies ein Auftragswerk, ein (Bock bestätigte es nickend) hochsubventioniertes Auftragswerk für das Wissenschaftskolleg Berlin – einen Vorabdruck des Buchs, eine Raffung seiner Hauptthesen, aber habe leider dringend der »Merkur« angefordert und erheischt, habe noch für den Redaktionsschluß Ende der Woche Kurt Tünnes vom »Merkur« heftig erbeten und veranschlagt.

Dann solle er seine Frau doch mitbringen, ging hier reichlich plump Schummetpeter dazwischen, und die Epps schloß sich dem Wunsch ganz harmlos an, dann sei es doch auch viel gemütlicher, wenn auch Frauen dawären – mit einer kleinen Körperpirouette hatte sich Stroh aber schon flugs von den beiden weggewandt und mit einigermaßen verbindlicher bzw. gefaßter und doch wieder auch betont miesepetriger Miene Greif zu, dieser möge ihm also ein eventuelles Ausbleiben um Gotteswillen nicht verargen, man wolle im Zweifelsfall ruhig ohne ihn zum Halali schreiten und auch bitte doch auf sein, Strohs, Wohl trinken – in so gleichzeitig übellauniger wie doch auch hochherzig verzichtender Manier redete Stroh da richtig furchtlos und sicherlich auch tückisch schwindelnd auf den in winzigen Spuren schmunzelnden (durchschaute er alles gleich mir?) Greif ein, daß ich ihm dafür – sofort wieder einen Punkt zuschanzen mußte; zumal der »Merkur«-Artikel, was ich lobenswert finde, tatsächlich keine drei Monate später – ich habe extra aufgepaßt – erschienen ist; und nicht mal schlecht war. Womit Stroh noch vor dem Abendmahl gewissermaßen den Anschlußtreffer zum 6:7 geschafft hatte. Sollten aufmerksame Leser hier auf einen gewissen Bruch in der zeitlichen Logik insistrieren: Ich habe Stroh diesen Point schon an diesem Abend gegeben – sozusagen prophylaktisch bzw. präventiv, wie sich zeigen sollte, zu Recht (und notiere das mit dem »Merkur« als Postscript): 6:7 also.

»Alles paletti!« ließ sich Schummetpeter vernehmen, und dann brach unsere ganze Blase auch schon auf, zu einem nahen Ausflugslokal bei Baden-Baden am Rhein, dort noch einen draufzumachen und ein bißchen verdientes Remmidemmi abzuziehen, jetzt konnte ja nichts mehr schiefgehen, irgendwie trieb ja auch Greif sein 0,33-Saulus-Paulus-Erlebnis noch immer um, und wir wollten ihm auch kräftig dabei helfen, Vergessen davon zu finden. Bock mußte vorher noch seinen Hund heimschaffen – Stierl fuhr und kam gleich mit uns. Beim Verlassen des Campus, es war noch immer hell und heiß, auch wenn die Schatten schon da und dort länger wurden, konnte man eine weiße Pinselschrift an der Lichthofpforte lesen: »Ihr Scheiß-Fotzen, ihr könnt mich mal alle, he!« – Greif schien jetzt gleichwohl sehr gut gelaunt, nur wer genau hinsah, mochte erkennen, wie betäubt und vor den Kopf geschlagen unser Mann letztlich noch immer war – und auch und gerade in seiner Betäubung aber werweiß wildentschlossen, Gegenmaßnahmen zu ergreifen und Recht und Ordnung hinsichtlich seines ihm zustehenden »summa cum laude« komplett wiederherzustellen und mit Standfestigkeit um sein Recht zu kämpfen. So war er und ist er, unser Greif.

Doch, die Sache war ihm sichtbar an die Nieren gegangen. Und dabei hatte Stroh jetzt sogar noch auf 6 : 7 aufgeholt, nach meiner Zählung – und hier wohl fragte ich mich zum erstenmal, was eigentlich die Protokollantin Schratt die ganze Prüfung groß mitgeschrieben hatte, ob die am Ende auch bloß gleich mir wie ein Merker, wie Beckmesser die Schlagpunkte jeweils für Greif und Stroh vermerkt hatte …

Ja, und mit dem Abendessen hatte dann Stroh doch sogar tatsächlich den Ausgleich geschafft. Indem er nämlich, wir hatten eigentlich gar nicht mehr damit gerechnet und ihn schon teils vergessen, wirklich zu diesem erschien und ins Terrassen-Ausflugslokal »Schwarzwaldmädel« am nahen Rhein (Schummetpeters Wagen und zwei Taxen hatten uns die 15 Kilometer hinspediert) einlief, sogar gerade noch pünktlich einlief! Alle Achtung! Jawohl, wir überprüften gerade alle miteinander die Speisekarte und -abfolge, diese von, wie es hieß, Greif und Schummetpeter schon vor Wochen ausgeklügelt und telefonisch oder per Fax oder wie durchgegeben, auch die Epps hatte da wohl mitgemischt – als auf einmal etwas gehetzt, aber doch sonst topfit auch Stroh wieder am Tisch und mitten unter uns stand, Stroh, ja, unter einem feschen und gleichsam sportlich schiefgelagerten Pepitahütchen, ja, wie eine richtige Sportskanone stand er da – jawohlja, feixte er gut ausgeruht, er habe sich die Zeit nun also doch abgetrotzt, die Frau habe es ihm generös zugestanden, ja sogar darauf bestanden, was sein muß, müsse sein usw. – und sie, die Frau, mache also derweil alleine am Naturtext weiter – er, Stroh, stehe also wieder zu unserer Verfügung.

Setzte sich und, wenn ich Greifs verärgerte und stark mißbilligende Miene recht verstand, glich damit – indem er diesen einfach und schlicht durch sein sehr unerwünschtes Erscheinen strafte, ein Erscheinen, das jenen zusätzlich auch noch ein paar Mark kosten würde – ganz locker zum 7 : 7 aus. Wer hätte das vor zwei Stunden noch erwartet.

Gleichviel, ein schöner, milder, warmheißer und gewitterloser Abend war über unserem Terrassen-Abendmahlstisch und dem etwas seitlich unterhalb lagernden und hier sehr uferflachen, aber schon recht breit dahinwälzenden Rhein aufgezogen. Es war unser Tisch sogar überlagert oder jedenfalls überhängt von ein paar Lampions, die Speisenfolge war lang schon studiert, und nachdem wir also dann auch die ersten Aperitifs in uns geworfen hatten, voilà, da saßen wir nun also fortan, ungefähr zehn oder auch dreizehn Leute, alle miteinander rund um den festlich geschmückten und mit allerlei Kerzen und Kandelabern stimmungsvoll ausgestalteten Tisch, es gab nach meiner Erinnerung sogar ein bißchen Terrassenmusik, leise und mild und zärtlich drang sie wie von fernher an unser Ohr – da aber, inmitten dieser Sommernachtsberauschtheit, welche uns da alle unbestreitbar erfaßt hatte, bei der Bestellung des Abendessens, das im Hauptgericht wohl drei Varianten zuließ, da nun – muß den wiedererstarkten Stroh der Übermut gepackt und überwältigt haben. Wenn ich das recht auf die Reihe vor meinem sich erinnernden Auge kriege, erkundigte er, Stroh, sich nämlich da beim Kellner, zuerst wohl mehr unbemerkt, dann immer dringlicher damit ins Zentrum der Aufmerksamkeit vorrückend, ob der in festlicher Zierschrift auf der Speisekarte angepriesene Zanderfisch aus dem Bodensee oder aber aus dem Rhein komme, also ein Flußzander sei oder wäre – er, Stroh, verzehre nämlich grundsätzlich, erklärte er dem Kellner, aber auch laut genug, daß wir es auch zu hören kriegen mußten, grundsätzlich keinen Bodenseezander, auch aus ökologischen Rücksichten. Sondern im Grunde nur immer Flußzander oder ggf. eben solchen aus dem Vierwaldstätter See. Das sei die Voraussetzung.

Auweia! Der Kellner schien erst etwas ratlos, dann beugte er sich hilfreich zu ihm, Stroh, hinunter und erläuterte ihm – Stroh saß mir schräg gegenüber, und ich konnte fast alles gut mithören –, es sei dies hier ein Zander in zerlaufener Butter gebraten mit Kartoffeln und Rapunzelsalat – und wenn ihm der nicht zusage, bedeutete der Kellner Stroh etwas tollpatschig, und auch Stierl und die Epps hörten jetzt dem Zwiegespräch schon z. T. anteilnehmend zu: dann könne er, Stroh, aber jederzeit auch eine Forelle oder eine Scholle kriegen – also der Barsch da, der Zander, der sei nur ein Fisch unter den drei möglichen, und auch ein bißchen teurer als die beiden anderen, auch wenn das aus dieser Extra-Speisekarte heute ausnahmsweise eigentlich nicht ersichtlich werde, erläuterte der Kellner und sah Stroh wieder sorglich fragend an.

Ein allzu vornehmes Lokal war das offenbar hier doch nicht, wenn Kellner so undistinguiert daherredeten, man hätte Greif dafür sogar einen Minuspunkt erteilen können – wäre es jetzt aber nicht genau umgekehrt gekommen: Stroh mit laut und lauter und immer dringlicher werdender Stimme legte es nun schon scheint's extra drauf an, seinen Spezialzander zu bekommen, und zwar, wenn ich das recht raffte, jetzt sogar mehr aus ästhetischen als aus ökologischen Gründen. Bzw. wegen seines Magens eben, der »seine eigenen Ansprüche kenne«, die Formulierung schien Stroh besonders gut zu gefallen, denn er wiederholte sie und lächelte ganz quirlend und kicherte einmal richtig quirlig – und jetzt erst, im Lampion- und Kerzenlichtgefunzel hatte ich's vorher noch gar nicht mitbekommen, sah man, daß Stroh zu Hause und in Eile wohl auch die Wäsche gewechselt hatte, sein neues und zimtfarbenes Hemd unterm jetzt gräulichkarierten Sakko im Verein mit einem ab sofort zitronengelben Binder stand ihm eigentlich doch sehr gut zu Gesicht, ja, Hemd und Binder leuchteten zuweilen ganz lightshowhaft und phosphoreszierten acapulcomäßig –

– ja, wie gesagt, magsein war die Zandersache dann eben doch Strohs letzter und recht ungeschickt angelegter Versuch, Greif im nachhinein, aposteriorisch vielleicht doch noch zu fällen und abzumurksen, der überforderte Kellner wußte sich jedenfalls in dieser verfahrenen, ja zerfahrenen Bestellsituation nicht anders zu helfen, als daß er jetzt auch noch (Greif kriegte es vielleicht gar nicht mit, er schwatzte grad ziemlich katzbuckelnd auf Bock ein und schien von irgendwas, vielleicht vom Wein, sehr angetan) eine Art Geschäftsführer des »Schwarzwaldmädel« herbeibefahl und zur Beratschlagung des Zanderfalles zuzog und zu konsultieren vorhatte – wie durch all diese Krakeelereien und Zumutungen seinerseits ziemlich zermalmt, wischte sich Stroh da mehrfach über die matt schweißglänzende und weitgehendst schon ganz haarlose Stirn, aber mehr wohl allegorisch – und jedenfalls stellte sich nun nach des

Geschäftsführers Auftauchen heraus, daß dieser überhaupt nicht genau wußte, wo der Zander herkam, seiner Meinung eher vom Titisee, und kaum jedenfalls aus dem Rhein, noch hatte er überhaupt eine Ahnung, was das für ein spezieller und toller Fisch sei, zeitweise hielt er ihn wohl für einen Ostseefisch wie die Scholle oder den Hering – jedenfalls irgendwann inmitten des allgemeinen nervösen Trubels und Geblaffes erklärte sich dann Stroh mit der linken Hand leicht in die Luft hinein ausschlagend gewissermaßen auf Aufklärung verzichtend bereit, den Zander so oder so zu bestellen und auch zu essen, und gleich darauf, eine Viertelstunde später, kam er auch schon, und Stroh zögerte nicht, gut zuzugreifen und mit offenbarem Genuß, ja richtig Heißhunger nun seinen Zander auch ganz unbedenklich zu verzehren und glatt wegzuputzen –

– gewissermaßen auf der Basis der Klügere gibt nach, ich hatte bei all dem aber dennoch sehr stark den Eindruck gewonnen, daß Stroh sich am Ende gewissermaßen doch recht schämte, wie da viel Lärm um ein fragwürdiges Nichts, um ein wenn auch am Ende doch wohlschmeckendes Zanderfleisch glanzlos geendet hatte, wie witzlos da jedenfalls der Versuch, Greif und uns durch besonders ausgefeilte Eßkultur im Verein mit einem vielleicht sogar sozialdemokratischen Umweltbewußtsein besonders zu beeindrucken, als special Coup ja doch ziemlich elend schiefgegangen war. Ja, erbärmlich schief, weißgott. Zumal Stroh während des Verdrückens seines Zanders nun auch noch so heftig und bedenkenlos, ja besinnungsfrei auf Stierls Frau einredete (er, Stierl, hatte die seine mitgebracht, ja; Bock war angeblich Witwer und gar nicht mehr erst groß auf Frauensuche) und dabei einen Handkantenschlag nach dem andern in die Luft vollstreckte: daß ich ihm auch schon von daher das ganze Manöver als Debakel und mithin als Minustreffer ankreiden mußte. Und auch – extra wollte.

Womit Greif ohne sein eigenes Zutun wieder 8:7 vorne und in Führung lag.

Heiliger Strohsack! Welche Prachtfische aber auch! Welche leckeren Apparate! Wir von Schummetpeters Firma hatten alle Forelle Müllerin geordert, wie in einer Art corporate identity, alle fünf Mann hoch, auch Greif, der Epps vielleicht damit seine Graduierung extra nicht spüren lassen wollte, Epps, die jetzt auch das Ausbleiben von Esther Stroh-Habicht ziemlich scharf und sogar lauthals verurteilte, solche unnützen Aufsässigkeiten kenne sie von ihrer eigenen Frida Kahlo-Periode her, das sei damals unter Frauen die Regel gewesen – Schummetpeter patschte seiner Frau oder Freundin dafür ein paarmal dankbar auf den Buckel und fand mehrfach »alles knorke hier« oder dergleichen.

Stroh weiter seitlich schien nun selber eingesehen zu haben, daß sein Zander-Trommelfeuer ein bloßes – das Wortspiel sei gestattet – Strohfeuer gewesen war, Kanonenfutter für Greif und die Unsrigen, wie in später Reue schien er den gänzlich mißglückten Braten auch selber zu riechen und schnupperte deshalb auch schon übertrieben an seiner Nachspeise, Eis wohl mit flambierten Himbeeren, und saß zu der Zeit so richtig ausgemustert herum und fand den Anschluß kaum mehr: Ja, so sportlich reizvoll und frech und ein genialer taktischer Schlag es vor drei Stunden gewesen war, Greif um seinen verdienten glatten »summa cum laude«-Nuller zu prellen und ihn dann später gleichzeitig noch um 50 bis

100 Mark Verzehrkosten zu schädigen, das Geld, das er, Stroh, hier veraß und vertrank (übrigens an einer recht unsauberen Tischecke mit einem irgendwie, ich weiß nicht warum, richtiggehend schmuddeligen Nelkenstrauß drauf): hier, mit dem Zander, Bodensee- und Titisee-Substantialitäten hin und her, hatte Stroh in dem blindwütenden Wunsch, auch gleich noch die Führung an sich zu reißen, sich in seinen eigenen Leidenschaften und Strategien verfangen, hatte er sein Konto nachweislich überzogen – die berühmte Abwehr-Angriff-Dualismusschaukel beim Schachspiel! Und Greifs 8:7 scheint und schien mir damals schon nur um so plausibler und begründbarer, als ebendieser Greif, seiner jetzt schon eine ganze Weile lang besonders feierlichen, ja weihevollen Miene nach zu urteilen, vielleicht ja den ganzen Strohschen Zanderbluff gar nicht mitbekommen hatte!

Nur Bock schien sich, außer mir, zuweilen dafür halbwegs interessiert zu haben. Sagte aber nichts.

Und derart zurechtgestutzt wollte sich Stroh, so kam es mir vor, die ganzen nächsten Stunden von seinem Zander-Knockout überhaupt nicht mehr erholen – obschon man umgekehrt eigentlich den Eindruck gewinnen konnte, daß andererseits Greifs Schnittwunden jetzt endgültig verheilt waren, so lachend zeigte er zwei-dreimal die blanken Zähne und ließ die Brillengläser funkeln und schien es Stroh jedenfalls nicht mehr nachzutragen und nicht länger zu verdenken. Sondern wartete wohl, ich hörte das nur von fern, mit drei-vier mehr harmlosen Anekdoten aus dem Akademikermilieu auf, aus der vorerwähnten aura academica, aber keineswegs schweres Geschütz, sondern ganz entspannt und richtig tolerant.

Und Stroh? Ungeachtet einiger Anstrengung, Stierls Frau über das unter Kollegen vielleicht übliche Courtoisiemaß hinaus schöne Augen zu machen, wirkte bald schon recht müd und immer müder. Übrigens hätte eigentlich auch Rektor Schrott von der Baden-Badener Uni ursprünglich zu dieser unserer Siegesdoktorfeier kommen sollen, hatte sich aber dann wegen einer Herzattacke exkulpieren müssen – tja, wie gesagt, Stroh saß ziemlich müde und recht verloren da und auch einigermaßen deplaciert, nämlich ungünstig, nämlich schräg gegenüber von Schummetpeter und Epps und mir – unter seinem kugelrund knallgelben Mondlampion, und nach meinem Eindruck mußte er sich dabei, wollte er nicht exklusiv die Stierl beschwatzen, auch ein paar intime Pläusche des Pärchens über das Auftrumpfen und immer noch erfolgreichere Aufdrehen und Gewinneinsacken der Konstanzer Institutsgemeinschaft anhören (alles gelogen, Schummetpeter hatte, wie man unken hört, eher Grund, die nächste Steuerprüfung zu fürchten, mischte dafür aber nur um so besessener auf) – mußte den ganzen Quark Stroh nolensvolens über sich ergehen lassen, mußte sich zumuten, was Schummetpeter da über seinem gewölbten Schmerbauch tatsächlich immer schmerbäuchiger zusammenredete und schwer mehr zu bändigen war, diesen ganzen blöden Humbug typisch Marke Schummetpeter, ohne daß er, Stroh, hier eingreifen und die Dinge kontrollieren und eventuell zu seinen Gunsten doch noch wenden hätte können –

– jawohl, es war übrigens noch immer nachsommerlich hell am und über dem Rhein, der hier zwar flach war, aber, wie es bei Heinrich Heine steht, irgendwie im goldenen Abendsonnenschein funkelnd vor oder jedenfalls gut zehn Meter hinter uns lag, und irgendwann fuhr fast lautlos tatsächlich auch mal beim Dunkeln der Luft so ein Frachtdampfer oder etwas ähnliches an uns und unseren Lampions und unserem bald schon brodelnden, aber irgendwo dabei auch immerfort etwas verschlafenen oder jedenfalls recht schleierhaften Festtreiben vorbei – ich mache es hier kurz und noch kürzer:

Während also Greif jetzt als gemachter Mann an der Tischspitze saß (am anderen Ende, das aber wie ein Katzentischchen wirkte, hatte man Milch und Schratt placiert) und ebendort praktisch nimmermüd die Pointen blitzen ließ und auch, ungleich spiritueller als wir alle anderen, nur Spaghetti pesto verdrückt hatte, um dann wieder die lachenden Zähne zu zeigen, derweil war Stroh hier ganz in meiner Nähe zuletzt anscheinend immer mehr in sich zusammengefallen oder doch -gesunken, er wirkte wie stark versehrt trotz und ungeachtet seines phosphorisch schimmernden Zimthemds und verfiel da wohl auch rasch fortschreitend großer Müdigkeit, die ihm ein in jeder Hinsicht heißer Tag bereitet hatte, auch schien ihn irgendeine heimliche Sorge zu verzehren, während er dem Schlaf anheimzufallen drohte – nur einmal, nach meiner bläßlichen Erinnerung, versuchte er noch auf Greif hin so eine Art Toast auszubringen, mit allzu angestrengtem Ungestüm rief er da »Prost« o. ä. – um ihm, Greif, damit wenigstens durch die Blume noch eins auszuwischen, ja buchstäblich über jene erwähnten und derangierten Blumen auf unserem Tisch hinweg.

Das alles ging aber dann ohnehin schon in einem Bericht Schummetpeters unter, einem Vortrag mit der Pointe, daß man also schon morgen früh Frau Professor Noelle-Neumann im nahen Allensbach am Bodensee einen Besuch, einen Antrittsbesuch, abstatte, er, Schummetpeter und Greif und ich (davon wußte ich ja noch gar nichts); bzw. man habe es eigentlich vorgehabt, wegen einer geplanten Kooperation, wegen eines »Imprints« des Allensbacher Meinungsforschungsunternehmens zusammen mit seinem, Schummetpeters, Konstanzer Institut. Leider aber müsse er, Schummetpeter, nun doch morgen nach Wien oder Warschau oder wohin, und er müsse deshalb also Frau Professor einen anderen Termin oder ein anderes Date und Joint venture vorschlagen usw.: Stroh, von seinem Zander-Blackout oder Fallout oder Missing link oder was wie gesagt noch immer mitgenommen, versuchte sich hier kurz einzubringen und von seiner besten und kämpferischsten Seite zu zeigen, indem er Schummetpeter im Zweifelsfall jede erdenkliche Benützung des Baden-Badener Bibliothekseminars einräumte und ihm jedenfalls schon mal zu diesem Deal und Allensbach-Coup einerseits wie nachsichtig, andererseits herzhaft gratulierte und seine Hochachtung bezeugte – dabei aber mit einem derartigen Heißhunger auch noch seine (m. E. schon zweite!) Nachspeise, ein Zitronensorbet, wegputzte, daß schon allein deshalb von einem neuerlichen Ausgleichstreffer zum 8:8 keinerlei Rede sein konnte. Sondern Greif getrost in Führung blieb. Ja, wie ein abgestellter und nicht abgeholter Krautjunker saß und hockte er, Stroh, jetzt da und schien gar nicht mehr gut drauf zu sein, und nachdem er sodann auch noch mit einem unnatürlichen Affenzahn dem Zander und dem Sorbet zwei Schoppen Trollinger nachgeschüttet hatte, wurde er davon wohl gleich noch müder und immer müder, zuweilen schien ihn auch noch was zu würgen (die Zandergräten? Heiliger Blasius, das wäre was, wenn Greif für Stroh einen Notarzt ordern müßte oder jedenfalls damals hätte müssen ...); wobei er sich aber gleichwohl doch ganz verbissen zu einem möglichst gleichmütig heiteren Aussehen zwang, obschon er doch nur die ganze Zeit unsteten Blicks in die Röhre schaute, und deshalb nur noch immer verbissener allerlei Sonntagsgesichter aufsetzte und ausprobierte, um dem am Tischende geradezu wiederum zur Hochform auflaufenden Greif wenigstens noch aus einer gewissen sportiven Gesinnung heraus halbwegs Paroli zu bieten, da – war das Match meines Erachtens entschieden: Milde gerechnet 9 : 7 für Greif, sehr milde gerechnet ...

Nun ja, etwas durchaus Trübseliges und Mesquines ging in dieser Phase von Stroh aus, das karge und zähe Schmunzeln verstärkte es nur, etwas Kleinweises und Leimsiederisches haftete ihm an und strahlte aus – etwas stark Plebejisches und Rustikales dagegen von Bock – Stierl wirkte allerdings auch schon recht verschlafen und von allerlei Gemütsschwächen und letztlich Zumutungen belastet und heimgesucht, die letzteren ja auch durch Sekt und Wein ja kaum zu beschwichtigen. Ungehörig laut tobte zum wiederholten Male Schummetpeter herum, jetzt sogar auf Frau Stierl ein – ungeachtet seiner eher geistlich steifen und fast priesterartigen Kleidung indessen mahnte unser Star, Greif, jetzt richtig stutzer- und gar dandyhaft. Im Vergleich dazu sich Strohs sozialdemokratische und zimtfarbene Geckenhaftigkeit, Esther hin und Habicht her, jetzt doch einigermaßen deplaziert, degoutant und letzten Endes richtig schlottrig ausnahm. Ja, eben, das war ja soweit klar – 9 : 7 für Greif, daran war nicht mehr zu rütteln, das war nicht mehr einzuholen.

Ich selber dudelte mir jetzt und in der Folge dann wohl auch einen kleinen und verdienten Festrausch an, zumal in der unmittelbaren Folge mir nun Bock eigentlich unerbeten seine Aufwartung machte, sich kurz neben mich setzte, um mir mitzuteilen, in seiner erwartbar oder jedenfalls erhoffbar 25jährigen Pensionistenzeit wolle er noch mindestens sieben Bücher schreiben, »für jedes Weltwunder eines wie ein Weltwunder«, das erste diesmal, nein, weniger übers Mittelalter, sondern über »Die moderne Sachwelt als Sinnenwelt« oder dergleichen.

Schon wenig später erfuhr ich dann von Gries, der sich für eine Weile zu mir hockte, daß die Frau von Stroh (Gries schwenkte den Kopf seitwärts gegen diesen) und seine Koautorin eine eigene und ehemalige Studentin sei, die auch auf selbstgebackenes Brot und Gesundheitskuchen schwöre und, so Gries, allein deshalb heute abend nicht bei uns sei. Von ihr, Esther Stroh-Habicht, erzähle man sich auch, sie mache nackt Waldläufe in den Rheinauen, oder jedenfalls mindestens topless – aber holla, schnalzte Gries da genüßlich und unausgesprochen mit der Zunge. An Männern bevorzuge die Stroh-Habicht, wie man höre, insgesamt malvenfarbene Seidenschlafanzüge, jahreszeitlich bedingt auch Rüschenpyjamas, so werde gesagt. Stroh selbst, wußte Gries auf meine Nachfrage hin und griente dabei ganz lästerlich, werde in seinen Studentenkreisen auch »Abu Seif« genannt, also »Der Vater des Säbels«. Seines, Griesens, Wissens nach einer Karl May-Figur – wohl weniger, schätze er, Gries, wegen Strohs besonderer wissenschaftlicher Schärfe, als wegen seiner oft unvermuteten Finten und Fallen, lachte Gries sehr aufgeräumt und prostete mir dann nochmals nachhaltig zu.

Im übrigen, erzählte mir dann der Instituts-Juniortextchef (eine Art Volontariat ist es aber wohl nur) halbwegs vertraulich – und, wohlgemerkt, Schummetpeter saß da weitab vorn am Tisch bei Greif: Greif also da vorne, deutete Gries mit dem Kopf auf jenen, habe diesen seinen Doktor heute ja keineswegs nur deshalb gebaut, damit noch ein zweiter Doktor neben Schummetpeter da sei, damit also noch ein Doktor auf unserem Konstanzer Institutsbriefkopf auftauche (ein richtiger Layouter, ich entsinne mich, hatte ihn seinerseits gestylt und ein Logo gemacht usw.). Sondern genauer genommen, weil, sagte Gries und verfiel nun zunehmend in ein geflüstertes Murmeln, Schummetpeters eigener Doktor rechtlich nämlich ziemlich ungewiß sei. Nämlich dieser Doktor sei, sagte Gries schmunzelnd und äugte wieder vorsichtig nach unserem Chef hin aus, nur und angeblich von der Universität Addis Abeba verliehen, in den Fächern Sozialwissenschaft und Semiologie sowie natürlich Thomas Mann und Kafka, also Dekonstruktivismus. Und abgesehen von der fraglichen Kompetenz der Universität Addis Abeba bei Kafka und Dekonstruktivismus, sagte Gries spöttisch zischelnd und aber auch wirklich erzürnt, sei diese Dissertation, wie er von afrikanischen Freunden höre, offenbar insgesamt so ungewiß wie Schummetpeters zuvor schon erfolgte Kindesentführung in Oberäthiopien. Auch die sei ja noch keineswegs erwiesen. Sondern »geschenkt«, sagte laut Gries. So wie der »Imprint« mit Allensbach als Dachverband übrigens auch – von dem Treff mit Noelle-Neumann habe er, Gries, soeben zum erstenmal erfahren. Also, genau genommen, führte und holte Gries hier noch etwas weiter aus, sei es ja so, daß nämlich die in Frankfurt mit

Schummetpeters Institut stark um die Kunden konkurrierende PR-Firma Rösselmann und deren badische Tochterfirma »basics young« auch nur einen einzigen Doktor im Briefkopf habe. Nämlich Frau Dr. Bitzler. Und genau deshalb habe er, Schummetpeter, im eigenen Briefkopf, in der Riege der zehn dort angeführten sogenannten Korrespondenten, eben zwei Doktoren gewollt. Also zu seinem, Schummetpeters, eigenem und ohnehin fraglichen, eben noch einen. In einer schwachen Stunde habe er es ihm, Gries, gesagt. Ein Professor wäre natürlich noch geiler gewesen, sagte Gries heiter lächelnd und äugte dann wieder zur Tischspitze vor.

Einer Lustigkeitsregung folgend, schlug ich hier vor, Bock, der Professor, habe doch nach seiner Emeritierung Zeit, auch für unser Institut, sagte ich nachhelfend.

»Aber nicht für Schummetpeter und seine Preisklasse«, antwortete Gries sehr ernsthaft und unverfroren und verdrückte seinen Marillenknödel zu Ende.

Das Fest wogte, oder plätscherte immerhin weiter dahin. Also, noch genauer genommen, setzte Gries noch einmal nach, sei es nämlich so gewesen, daß Schummetpeter sich zuerst auf Direktor Brandler gespitzt habe und ihn habe anstiften wollen, sich für diesen Briefkopf zur Verfügung zu stellen, er müsse auch weiter dafür gar nichts tun – und wenn jemand frage, dann könne man ja, so Schummetpeter laut Gries, ruhig zugeben, daß dieser »Dr.« im Briefkopf gar kein Doktor, sondern halt ein Direktor-Titel sei, der im Vogtland ja heute noch so abgekürzt werde. Brandler, eine ehrliche Haut, habe sich aber verweigert und abgewunken. Und so habe es dann eben Greif getroffen, er habe heute auf Geheiß des Chefs den Doktor fertig- und nachmachen müssen.

»Und das ungelogen«, freute sich Gries etwas verbittert, »für nur den Briefkopf einer Briefkopffirma!«

Das sei aber doch noch gar nichts, mischte sich hier Epps, sie saß jetzt plötzlich rechts von Gries, in unseren Plausch und schien ganz vergnügt. Schummetpeter selber habe den seinen, seinen Doktor, einst ja doch auch nur gemacht, daß er auf seinem Klingelschild in Kreuzlingen stehe.

»Bzw. in Addis Abeba«, scherzte ich.

»Und in Addis Abeba«, echote die Epps, schien aber nicht ganz zu verstehen.

»Wenn überhaupt«, lachte Gries verhalten nach.

»Dasselbe in Grün«, hörte man in diesem Augenblick vorne Schummetpeter rufen, wahrscheinlich zum Kellner hin, der aber gleich drauf für irgendwas sein Fett abkriegte.

»Deutsch sein«, faßte nach einer kleinen Weile Gries zart lächelnd nach und zusammen, »heißt eine Sache um ihrer selbst willen zu tun. Sagt Bismarck oder wer.«

»Wenn nicht Petrarca«, brummelte ich.

Gries teilte dann noch ergänzend mit, bei uns im Konstanzer Briefkopf werde demnächst wahrscheinlich auch noch ein Militär auftauchen, ein pensionierter Major von Sachtleben – und das auch nur, weil Rösselmann in Frankfurt einen pensionierten Oberst von Schweinitz in seinen Reihen habe. Deshalb sei Major Wilhelm von Sachtleben aus Friedrichshafen für ein Fixum engagiert und angeheuert worden.

»Ah, Sachtleben, ja«, hauchte Epps hier nach. Und nahm einen Schluck vom Weine.

Es ging da wohl bereits auf 23 Uhr zu, alle hatten gespeist und getrunken, die meisten, mich eingeschlossen, da auch wohl schon einen kleinen Zacken in der Krone – es ging da die nächste Zeit über nochmals und in kleineren Grüppchen um mancherlei Kabbalen und Machenschaften innerhalb der Baden-Badener, aber auch der Gießen-Marburger Uniszene, wer wem da und dort wie und warum auf den Schlips trete, und auch die ferne Esther Stroh-Habicht wurde da, nach meiner Erinnerung von Frau Stierl, noch rasch auf die Schippe genommen – kurzfristig war im Zuge einer gewissen Lachsalve zu hören, daß irgendwer (Schummetpeter? gar Stroh? ich weiß nicht mehr) nur Notabitur habe, nein jetzt erinnere ich mich, der abwesende Unirektor Schrott habe wegen des Hitlerfaschismus lediglich Notabitur damals machen können usf.

Schummetpeter insbesondere schien Bauklötze zu staunen, als Bock ihm und uns allen gleich darauf m. W. nicht zum erstenmal auseinanderlegte, nach seiner Emeritierung werde sein eigentliches Werk erst anheben, 2 bis 3000 Seiten wissenschaftliche Prosa wären da wohl noch gut und gern zu veranschlagen – ui, machte Schummetpeter – ja, sagte Bock, sobald nämlich die leidigen Prüfungssachen weggefallen seien – womit er, Bock, sagte Bock humoristisch, natürlich nichts gegen Greif gesagt haben möchte, der sei schon immer idealtypische wissenschaftliche Ausnahme und, wenn ich Bock richtig mitkriegte, auch sein Augapfel gewesen.

Meines Erachtens etwas sehr beziehungslos sagte an dieser Stelle Gries halblaut zu Bock und Epps und zu der nachgerückten Frau Schratt, so wie es im 13. Jahrhundert mit Paolo, dem II., einen Papst gegeben habe, der die Frauen wie nichts Gutes geliebt habe, so hier mit Stroh einen alten Sozialdemokraten und Alt-68-er, der es nicht nur mit dem Attentismus halte, sondern auch noch auf Luhmanns (oder Lohmanns?) Systemtheorie schwöre, also, so Gries, auf die »Gesellschaft in der Gesellschaft« im guten Sinne, und aus dieser Identität dürfe irgendwie eben auch im Posthistoire kein Zacken rausgebrochen werden, das zeige ja auch die Kontroverse Goldhagens mit Frau Birn mit allen ihren Aporien sowie das Arschgerede von Ulrich Beck und seinem postmodernen Gesamtkunstwerk. Ich und all der intransigente Quack – ich aber hatte hier stark den Eindruck, daß Gries jetzt halt einfach betrunken war. Daß jedoch hier Stierls Gesicht, es war mehr schon eine Gesichtsmaske zu nennen, kurz und pikiert und feindselig aufgezuckt, daß seine Wangen jäh aufgemuckt und aufgeflackert hatten usf. Vor allem auch da, als dann Gries nachsetzte und darauf insistierte, daß auch Systemtheorie nur ein anderer Name für Marxismus sei (was ein Unsinn!) – ich aber glaube hier beobachtet zu haben, daß in diesem Moment Frau Stierls Zeigefinger sehr zart und begütigend über Stierls Handrücken streifte und strich.

Und – Stroh? Also, Stroh, wenn ich das so halbwegs ins Gedächtnis zurückrufe, machte noch immer und jetzt schon seit zwei Stunden einen richtig beschwerten und auch beschwerlichen Eindruck. Während seitlich von ihm Bock kärglich schmunzelte und Stierl jetzt schon wieder etwas heiterer, wenn auch noch arg betreten oder heimlichtuerisch grinste oder doch lächelte, derweil wirkte jetzt Stroh zeitweilig wirklich wie mit dem Hammer vor den Kopf geschlagen, hm ja, allerlei Heimsuchungen schienen ihm da abermals durch den gelbgrauen Kopf zu gehen und hinter den auch gar nicht mehr lebhaften grüngrauen Augen zu schwefeln und sich gleichwohl ganz unnütz zu verzetteln. Naja, auch insgesamt drohte hier unser Fest schon stark aus dem Leim zu gehen, wie seit zwanzig Minuten erschreckend Schummetpeters rotbackiges und zugleich so käsiges Gesicht, wegen irgendwas drohte ihm Bock im Spaß mit dem erhobenen Zeigefinger, während jetzt Greif mit ihm, Bock, schon wieder und abermals im tête-à-tête freundlichste und fast laszivischste Blicke und vermutlich Redensarten tauschte – unleugbar, um diese Zeit herum mahnte mich Stroh, ehrlich gesagt, gänzlich absent, wie schon fast der Welt abhanden gekommen, um mit dem herrlichen Vers von Goethe – oder war's Stefan Hofmannsthal? – zu sprechen, und schlürfte nur noch gedankenlos eine Tasse Kaffee. Ja wahrlich hatte man schon lange nichts mehr von ihm vernommen jetzt, und es stand, ich muß es heute in der Rückschau nochmals sagen, um diese Zeit wirklich hochverdient 9 : 7 für Greif, Greif, von dem man nun seitlich plötzlich und ziemlich laut zu hören kriegte, ob man hier am Tisch wisse, was das neue van der Meulensche Notenfeinrechnungsverfahren ihn könne? Ha?! Es könne »ihn echt am Abend besuchen«, antwortete Greif sich selbst schon unvermutet konventionell.

Stroh aber machte um diese Zeit einen gleich noch gestreßteren, einen schon restlos blessierten Eindruck, er schien da ja schon richtiggehend unglücklich, und dies nicht nur, denke ich, weil der Tag auch für ihn, den alten Hasen, so überaus heiß und überanstrengend gewesen war, eine rechte Plage, ein wahres Molestieren bei wohl 35 Grad im Schatten schon. Sondern vielleicht auch, so überlegte ich bereits damals und so überlege ich zeit- und erkenntnisverschoben auch wieder heute, weil er da selber den zuerst auch werweiß gar nicht eingeplanten Kampf mit Greif definitiv verloren gab, schon verloren geben zu müssen glaubte und wohl wußte, daß da kein Blumentopf für ihn mehr zu ernten war; er vielleicht ihn, den Kampf, ja auch schon wieder vergessen hatte, mitten in seinem zimtfarbenen Hemd und Elend und fern von Esther, den Kampf mit dem viel jüngeren und witterungsmäßig widerständigeren Greif. Der jetzt zum Finale spirituoso sogar noch einen draufsattelte, insofern er zu zumindest Bocks und Frau Stierls Vergnügen noch ganze Kolonnen altitalienischer Terzinen aus Dantes »Inferno« auswendig dahersagte und sich's nicht vergällen ließ und trotz des sehr fortgeschrittenen Abends sich der Sache noch durchaus gewachsen zeigte, und auch die 0,17er Schmach schien ihn schon gar nicht mehr zu jucken –

– während ein Finsterling wie Stroh dazu nur einmal ein Gähnen unterdrückte; ja, etwas durchaus Grünliches war jetzt auch in wo nicht Strohs so vielleicht in Stierls bekümmertem Gesicht, während Stroh, jetzt erst sah ich's und wurde dessen gewahr, vor allem über eine durchaus indianisch edle und edel ragende Nase bzw. Nasenwurzel verfügte ... und gebot und ...

Hm ja, wir pokulierten da halt noch eine Zeitlang so vor uns hin, ex multae causae sunt, wie Bock einmal zu erinnern gab, ich selber trank, wie gesagt, viel mehr und auch mehr durcheinander (Frankenwein Sommeracher Katzenkopf, Limo, Grappa), als man schicklicherweise sollte – wozu mir Gries gleichzeitig erzählte, daß Schummetpeter angeblich auch auf einem Schiff zwischen Südamerika, also Feuerland, und Europa geboren worden sei, dann seine frühe Kindheit in der Camus-Stadt Maghreb verbracht und seine Jugend allerdings in Zürich bzw. St. Margarethen bestritten habe. Das Abitur sei sodann in Norwich erfolgt, und die Examensprüfungen, wie gesagt, in Addis Abeba über Max Weber und Franz Kafka.

Ob es dort wirklich eine solche Fakultät für derartig metaphysische Prozeßangelegenheiten gebe, frug sich Gries heiter und etwas spitzfindig nach und trank seine Weinneige weg.

Der Rhein schimmerte im Vollmond und nun tatsächlich sehr schön und dunkelgrünlich gut sichtbar. Derweil schien sich zwei Stühle weiter Schummetpeter tatsächlich noch etwas mit dem dritten Prüfer, Stierl, angefreundet zu haben, soweit zu hören, sprach er mit ihm über seine Allensbacher Angelegenheiten und Visionen, hei, wie da Schummetpeters Mundwerk ging! Kurz darauf hörte ich zu meiner nicht geringen Erstaunnis aus dem gleichen Mund auch etwas vom »noch nicht vollendeten Projekt der Moderne« oder so ungefähr – ich war ja zu diesem Zeitpunkt auch schon reichlich angetrunken, ja ziemlich abgefüllt. Es war nun wirklich nicht mehr viel Mumm in unserer Runde und wurde auch dadurch nicht mehr, daß Milch vom Katzentischende auf einmal aufgesprungen war und einen gesungenen Trinkspruch ausbringen wollte, sich aber dabei zwischen »Happy birthday to you« und »Hoch soll er leben!« nicht recht entscheiden konnte und zurechtfand; worauf Frau Schratt ihn beschwichtigend wieder auf seinen Stuhl niederdrückte.

Greif aber gab hier Pegasus ein letztes Mal die Sporen, indem er, diesmal in einem vielleicht etwas moderneren Italienisch, eine katholische Bußpredigt aus der Decamerone-Zeit vortrug und sich also wohl zu diesem

Zeitpunkt schon allzu sicher und geschützt wähnte; vielleicht war es ja auch wirklich was von Boccaccio oder dgl., aus der berühmten Operette von Franz von Suppé meines Wissens – vor allem wieder Frau Stierl lachte darüber Tränen, wahrscheinlich wollte sie damit aber nur ihr Faible für südländische Nächte zeigen, die strohdumme Nuß, die ordinäre – immerhin wurden da zum Postfinale affettuoso und generoso auch nochmals zwei Flaschen Rotwein Lagrimae Christi auf den Tisch gestellt und geköpft, gleich drauf hatten mutwillig Greif und Bock auch noch eine zur Hälfte auswendig gewußte, zur Hälfte wohl mehr nur improvisierte historische Dialogrede begonnen, soweit ich das noch packte, versuchte dabei der historische Savonarola (Greif) den historischen Machiavelli (Bock) dialektisch mit dessen eigenen Methoden und Zitaten aufs Kreuz zu legen und aufs Glatteis zu führen, jawohl, im nachhinein, a posteriori, post festum, kann ich das durchaus und eines besseren belehrt bestätigen: Wenn es der Kuh zu wohl ist, geht sie aufs Glatteis wenn schon nicht des Bodensees so doch des Rheins und reitet von dort auf den Bodensee zurück usf.:

Es hätte mich warnen und eigentlich stutzig machen müssen, wie hell und klar seit einer geraumen Zeit und Weile Strohs Augen wieder schauten und fast blinkten, mit welch geballtem Interesse sie Greifs und Bocks Sketch verfolgten – kurzum: Plötzlich standen wir alle abschiednehmend auf dem Terrassenhotel-Parkplatz, nach einer kleineren Verwirrung hatte Greif, nicht wie wohl ursprünglich vorgesehen Schummetpeter, alles bezahlt – noch im Herumstehen ritt Greif eine letzte kecke Attacke gegen die Postmoderne oder irgendwas dergleichen in Bielefeld und fertigte irgendwie alles blitzrasch ab – und da, als er, Greif, nun aber schon ganz bestimmt nicht mehr mit einem Konter aus dem Strohschen Köcher gerechnet hatte und hatte rechnen können, da nahm dieser, das Pepitahütchen schon wieder keck auf dem Kopf, Greif, ihn dabei kaum berührend, am Unterarm, führte ihn zwei Meter abseits und teilte ihm mit, so laut immerhin, daß wir anderen es auch prächtig hören konnten: Er, Greif, möge das Angebot von heute nachmittag bitte noch nicht für das letzte Wort bzw. für bare Münze nehmen. Aller Voraussicht nach müsse er, Stroh, sich nämlich doch für Dieter Asmus, den bisherigen Assistenten von Habermas entscheiden, daß der hier also in Baden-Baden die betreffende Planstelle erhalte. Nachdem er, Stroh, dafür gesorgt habe, teilte Stroh Greif überaus aufrechtstehend mit und griff und zupfte jetzt leicht auch noch am Oberarm, daß Asmusens Dissertationsschrift bei Suhrkamp und nächstens auch in London und Seattle erscheine, sei er, Stroh, es, das möge Greif begreifen, Habermas praktisch schuldig, sich im Rahmen einer Salvatorischen Klausel auch weiter um den Mann zu kümmern.

»Meines Wissens werden Sie ja trotzdem kein Sozialfall«, endete Stroh heiter, tätschelte Greif nochmals und jetzt fester auch noch an der Schulter, griff ihm fix und rüstig in die Hand und schritt dann auch schon ebenso wacker wie in doch leicht wiegend athletischer Haltung auf seinen nachtblauen BMW 318i zu, kletterte flugs hinein und fuhr auch schon davon.

Ich will nicht behaupten, daß mir hier in dieser späten Sekunde schon klar war, daß damit Stroh noch im letzten Moment gewissermaßen auf 8:9 verkürzt hatte – schon achtzehn Minuten später wurde es mir. Schummetpeter saß hinterm Steuer, wir waren schon am Stadtrand von Baden-Baden, der Fahrer suchte die Autobahnauffahrt – da war es, daß Gries und Greif wohl gleichzeitig ein rotes Blinken am Armaturenbrett bemerkten. Was dringlich auf Tankbedarf verwies, ich erinnere mich blaß, daß Schummetpeter nun sofort wendete und in die Stadt hinein stieß, auch bald eine Tankstelle fand, die – aber leider keinen Benzinautomaten aufwies –

– allein jetzt, ich traute kaum meinen müden Augen, stand plötzlich wieder Strohs BMW neben unserem Volvo, durchs heruntergekurbelte Fenster bat Stroh unterm Pepitahütchen sehr dringend darum, wir möchten gleich hinter ihm herfahren, er, Stroh, leite und kutschiere uns an die richtige Tankstelle. Mit wahrlich recht forschem, richtig angriffsfreudigem Tempo fuhr uns nun Stroh also voraus, bog dabei zweimal stark hupend ab, blieb bald halten und wies uns mit dem weit aus dem Fenster gereckten und gestreckten Arm auf die neue jetzt erreichte Tankstelle vor uns. Und hupte noch zweimal. Um dann sofort weiterzubrausen, wieder zweimal hupend. Alles klar: 9 : 9.

Unser Volvo fuhr an die Zapfsäule ran, Schummetpeter und Greif stiegen aus und schauten nach dem Rechten. Soweit Epps, Gries und ich das im Wagen mitkriegten, stellte sich jetzt wohl heraus, daß Schummetpeter gar kein Geld mehr bei sich hatte, Greif aber zwar einen 50-Mark-Schein, den aber nun der Tankapparat partout nicht schlucken wollte. Nun wäre sicher guter Rat sehr teuer geworden, jetzt, mitten in der Nacht, in einem ausgestorbenen Universitätsstädtchen, an der toten Peripherie, hätte da nicht urplötzlich –

– schon wieder neben der Tankstelle, ja jetzt

direkt neben der Tanksäule, ein schon bekannter dunkelblauer BMW scharf bremsend und sogar ein bißchen bremsquietschend angehalten – schon, man ahnt ganz recht, entkletterte ihm Stroh, er schien da auch sofort zu wissen, wo der Hase im Pfeffer steckte, und pfiff dazu wohl auch noch lautlos, die Lippen anspitzend – und schon sah man, wie Stroh Greifs 50 Mark-Schein griff, ihm dafür drei andere Scheine wieder zusteckte, einen davon schob Schummetpeter sodann in den Tankschlitz, Stroh beugte sich etwas hinunter, um genau hinzusehen und zuzuschauen – allerlei Erfolgsgeräuschen der Tankenden nach zu schließen, war das Ganze erfolgreich, jawohl, Flüssigkeit begann zu gluckern – Stroh aber, hast du nicht gesehen, saß schon wieder in seinem Wagen, der Motor röhrte auf, eine Hupe hupte grüßend, diesmal dreimal, und wie eine etwas gemächliche Rakete brauste Stroh auch schon davon. Traun, ein glatter Hattrick, 10:9. Spiel, Satz und Sieg für Stroh.

Es half uns da gar nichts mehr, daß unser Fahrer, Schummetpeter, schon bald auf der Höhe des Schwarzwalds seinerseits die 200-Stundenkilometergrenze mutig überschritt.

Ein Schmerz

Am 18.5.1991 hat mein Schmerz einen Fehler gemacht, einen folgenschweren Fehler. Er fuhr nämlich zugleich aus Kopf, Arm (links) und Bein (links-rechts) aus, wo überall er am Vortag noch gehaust, ja z. T. gewütet hatte, und fuhr dann aber schon wenig später direkt in den Kopf zurück, diesmal allerdings nicht in die Hirnregion, sondern apart genug in die linken Oberzähne; allein Apartheit hin, Abartigkeit her, das war übertrieben, das machte ihn, meinen Schmerz, erstmals unwürdig, ja vollends unglaubwürdig, auf diesen Leim ging ich ihm natürlich nicht. Wäre er in den hintersten linken Stammzahn bzw. in die von der Prothese ausgefüllte große Mulde eingefahren, da wo er am Vortag noch weilchenweise und zumindest vorübergehend gehaust, gehaust und gewütet, ziemlich gewütet und gewürgt hatte, ja, das hätte die Sache natürlich sehr verändert, das hätte mich, den, wenn Sie so wollen, Besitzer oder doch Verwalter, den Logisgeber des Schmerzes, in eine gewisse Verwunderung, beinahe schon in Verlegenheit versetzt und geraten lassen; das immerhin hätte mich zu neuem Umdenken gezwungen und selbst die neueste Diagnose samt Therapieversuch von Dr. Plier nochmals restlos über den Haufen geworfen, den Ansatz von Dr. Plier, der da ja im vorletzten Quartal aufgrund seiner Blutwerteuntersuchung bzw. nach seinem großangelegten Quecksilber-Speicheltest von einer kombinierten Quecksilber-, Blei- und *PCP*-Vergiftung ausgegangen und ans Entgiften geschritten war; zumal der fragliche *PCP*-Wert schon im Zuge der ersten beiden Blutentgiftungen sogar noch von 5,4 über 8 auf 10,1 hochgeschnellt war, was selbst Dr. Plier recht verwundert, aber doch auch gewissermaßen zu seiner tieferen Rechtfertigung möglicherweise hochbefriedigt hatte; allein, das jüngste Ausfahren aus dem Arm und das gleichzeitige Einfahren des Schmerzes in den besonders empfindlichen und schmerzempfänglichen Kiefer-Kinn-Zahnbereich, das machte ja nicht allein Pliers Befund, sondern auch noch den Schmerz selber ganz unglaubwürdig.

Was ihn freilich wenig scherte. Auch übrigens heute nicht. Hier im Oberzahnbereich scheint er sich ja ziemlich wohlzufühlen. Schon seit Stunden wütet er auch heute wieder ganz wie toll. Wütet und randaliert und drangsaliert er schon wie toll und voll.

Macht aber wenig. Denn immerhin weiß ich, von einer früheren und ganz anderen und anderslautenden Diagnose von Dr. Poepling her, daß mein Herz laut *EKG* sowohl als Langzeit-*EKG* und sogar Stress-*EKG* ganz in Ordnung, ja in Bestform ist. Belastungsfähiger als je zuvor. Was wunder, da ich ja seit dem Einzug meiner Schmerzen nicht mehr rauche. Da tut dann allemal das Herz sich leicht.

Meiner Schmerzen? Meines Schmerzes! Denn zwar waren es im Lauf der Zeit, der Monate und inzwischen Jahre, immer mehrere und unterschiedliche und – wenn auch manchmal schwer – unterscheidbare Schmerzen, die da in mir werkelten und herumfuhrwerkten, zunehmend sogar verwirrende und verstörende Schmerzmischungen: vom Arm- und Beinkribbeln oder vielmehr Nadeln über die zunehmende Pelzigkeit der Haut und das Schulterpreßweh (zuerst ein-, dann meist beidseitig) bis hin zu der dann vordringlich werdenden zeitweisen Nackensteife, welche alsbald nicht zuletzt mein Hausarzt und Orthopäde Dr. Hirsch als Halswirbelsäulenschaden veranschlagte oder doch vermutete, als Halswirbelsyndrom (HWS) im Verein mit einem sogenannten *myotendinitischen* Schmerzsyndrom; allein, allzu viel half das auch nicht, zumal sodann in der Folge, noch ein halbes Jahr später, weitere Schmerzen oder aber doch Schmerzausbuchtungen hinzugetreten bzw. hervorgetreten waren, Schmerzerweiterungen, von denen werweiß selbst der gute Dr. Hirsch nichts weiß und keine Ahnung hat und hatte, als da nach meiner allmählich schon schwächer werdenden Erinnerung wären: Beträchtliches Armstechen kombiniert mit Schulter-Halsverstarrung, Kopfgrummeln, Augenflackern bzw. unerfreuliches Zucken der Hautnervpartien im Augenbereich; und vor allem das Hin- und Herwandern, dies zügel- wie ziellose Umeinanderwandern des Schmerzes zwischen Oberarm- und Unterarmmuskulatur, das gänzlich unverständliche und scheint's unberechenbare und zutiefst beunruhigende Herumspazieren des zum Teil bohrenden, zum Teil auch saugenden Muskelfaserschmerzes zwischen linkem Ober- und Unterarm; und, um das Kraut fett zu machen, um Ostern 1991 herum tageweise auch noch vom linken in den rechten Arm, vom rechten in den linken, vom linken fast nach Belieben wieder in den rechten und zurück dann in den linken.

Bis es sich dann zu Christi Himmelfahrt wieder ein wenig beruhigte und stabilisierte und als kraftvoll bohrender Preßdruckschmerz im angestammten linken Arm weiter sein altes Wesen trieb; als, wie ich inzwischen genauer wußte, *polyneuropathisches* HWS-Syndrom im Gesamtverband meiner *Cervikalarthrose* nach dem Befund von vorgenanntem Dr. Hirsch.

Das war vor Jahresfrist gewesen, vor gut und gerne 18 Monaten wohl. Jawohl, vor eineinhalb Jahren schon.

Tief im Menschen ruhet, wie der Dichter sagt, etwas Unbezwingliches, das der Schmerz nur betäubt, nicht besiegt. Schon, das mag wohl stimmen und zutreffen, und ein anderer Dichter forciert sogar dahingehend, er gebe nun einmal seinen Schmerz nicht her. Nun, ich meinerseits würde so weit nicht gehen, selbst wenn die Gewöhnung auch bei mir ein inzwischen wohl schon beachtliches Maß an Schmerzverbundenheit erzeugt und erwirkt hat. Heute, da ich, wir schreiben gegenwärtig den 1. 11. 1992, diesen Bericht als Sammlung und Konzentrat älterer und z. T. etwas verworrener und fast schon vergilbter Notizen mit einiger Mühe zu Papier bringe, diesen Schmerzbericht, wenn Sie so wollen, heute scheint zudem der Schmerz ein wenig zu pausieren, womöglich schämt er sich werweiß wirklich noch wegen der Oberzahneskapaden vom 18. 5., wegen dieses Ausflugs, von dem er dann tatsächlich ja auch schon am 21. 5., nach nicht einmal einhundert Stunden also, wieder zurückkehrte, beschämt zurückkehrte in den angestammten linken Oberarm, sein Lieblingsplätzchen, wo er dann die nächsten Tage und Wochen denn auch wieder wie toll, wie begeistert tobte und herumtobte, ehe er sich laut meinen Unterlagen für volle sieben Tage erneut zur Ruhe begab, wie täuschend und natürlich arglistig zur Ruhe begab, wie damals nicht selten, gewissermaßen um mir derart allmählich schon den Gedanken an die Niederschrift seines Laufs, des knapp, alles in allem, dreijährigen Schmerzverlaufs, einzuflüstern, einzuflüstern und einzuflöten. Doch ich durchschaue ihn jetzt: er wird, kaum werde ich die ersten drei-fünf Seiten Niederschrift und Chronik absolviert haben, wiederkehren mit großer Niedertracht und Heimtücke, ich aber werde meinerseits ohne Wimpernzucken ihn, den Schmerz, leerlaufen lassen und einfach weiterskribbeln, sobald er wiederkommt. Spüre ich da nicht auch schon das bekannte kraftvolle und zähe Ziehen zwischen Schulterblatt und Bizeps? Nun, wir werden sehen und wir werden's fühlen. Daß ich eines Tages sterben muß, weiß ich nicht erst seit acht Tagen oder doch drei Jahren. Vorher aber, das habe ich mir heute zu Tagesbeginn fest und festest vorgenommen, werde ich noch ihn, werde ich diesen Schmerz entlarven. Entlarven ihn und bloßstellen. Gift gegen Gegengift: dem Schmerz sei jetzt mein Schreiben Pein; Pein als Gewissensqual. Unstreitig dieser Schmerz aber die Tollkirsche nun meiner Muse!

Der Schmerz, er halte – und er unterhalte mich. Im und mit dem Schreiben biete und entbiete er mir, mit dem Philosophen zu reden, Unterhalt und Heimstatt. Das hat er nun davon. So räche ich mich an ihm, dem alten Schmerz, jawohl!

O weh! O wenn ich heute zurückdenke! Wenn ich die Jahre memoriere! Ah! Wie harmlos, wie geradezu harmreich harmlos hatte einst alles angefangen! Wie beinahe schon ridikül, wie gleichsam nur als fast unbemerkte Bagatelle. Es begann, soweit ich das aktiv erinnere, eines schönen Tags mit einem allgemeinen Unwohlsein in den Beinen oder doch in den Waden, einem Kribbeln, einem Nadeln – gleich darauf wohl schon weiter oben in den Unterarmen. Im Sommer, ein halbes Jahr darauf, hatte sich peu à peu ein gewisses Kopfkribbeln, aber auch ein gewisses pelziges Unwohlsein in den Unterschenkeln dazugesellt, ja doch, so muß es wohl gewesen sein. O Gott, ja, so ungefähr muß das vor knapp drei Jahren gewesen und zugegangen sein. Und dann, mit diesem Wechsel vom Nadeligen ins Pelzige allmählich sich anbahnend und festigend auch eine Art Kopfschmerz, eine bestimmte und seltene Artung von Kopfweh und Kopfdruck, ein sozusagen fast peinfreier Quasi-Kopfschmerz, ein Kopfdruck auf Knopfdruck, wenn Sie so wollen, wie ich aber erst ein Jahr später zufällig und en passant von meiner Großtante bzw. deren Akupunkteur Dr. Gumbert erfuhr: durch ein gewisses Drücken am Ohrläppchen, ein Drücken mit Daumen und Zeigefinger kann man diesen seltsamen Schmerz auch schon wieder zum zumindest vorübergehenden Verschwinden bringen, zur Aufgabe zwingen, jedenfalls für ein Weilchen zum Schweigen, ehe er dann mit Macht und beachtlicher Herrschaftsentfaltung wiederkehrt, denn siehe, der Mensch ist auf der Erde eitel Tand und Asche und Schicksals Spielwerk und Dunst, er wäre es jedenfalls, fühlte er nicht, daß er's wäre, o Gott, dieses Gefühl ist aber dann, wie uns gleichfalls der Dichter weist, nicht mehr und nicht weniger als unsere Unsterblichkeit, ja unsere wahre –

– doch was rede ich? Noch während ich mit der Rechten grämlich die Feder führend mit der Linken beinahe beflissen wider das Ohrläppchen drücke und tappe, wird mir ganz übel und noch übler, oder wurde mir genaugenommen sekundenweise übel, weil ein rechtes Übelwerden war und ist auch dies mitnichten, dazu gehörte ja doch wohl eine gewisse Konstanz und Berechenbarkeit – und da? Was ist das? Jetzt brennt's und drückt's ja auch schon wieder ganz woanders, nämlich wie lichterloh wieder einmal um die linke Unterarmsehnenpartie herum und, geschwächt um ca. 35 Prozent, nun ja auch analog schon rechts, und dies trotz Dr. Pliers abgeschlossener Blei- und Quecksilber- und *Polychlorid*pestentfernung oder genauer: *Pentachlorphenol* nennt oder nannte sich dies quälende *PCP* – brennt und sengt da wieder, und dies, obschon seit beinahe drei Jahren bis zu vier Ärzte, darunter ein *Homöopath* und ein *Akupunkteur*, sich vornehmlich und zum Teil im geballten Verein um diesen vornehmlich linken Arm bemühten und in machen Fällen noch immer redlich sich bemühen!

Dabei, genau genommen, meldete sich vor drei Jahren, vor diesem wahrlich unvergeßlichen Jahrestriptychon, in der gewissermaßen *Virginitätsphase* meines Schmerzes dieser ja zuallererst einmal im Rücken, als Stechschmerz nämlich im Schlafe und ganz woanders, im unteren Wirbelsäulenbereich, da wo, wie ich annehme, Brust- und Lendenwirbel sich treffen und begegnen – ehe es dann aber bald auf einmal und aufgrund der ersten Röntgenfotos einigermaßen überraschend hieß, durch gewisse Veränderungen und Unregelmäßigkeiten in den etwas mehr oberen Regionen der Halswirbelsäule werde alles hervorgerufen, all der maltraitierende Schmerz und all die Pein, die nun ab sofort wieder nicht mehr – bzw. noch nicht? – auf den Namen *myotendinitisches* Schmerzsyndrom hörten, sondern fast noch geheimnisvoller und sogar überzeugender auf Schulter-Arm-Syndrom oder, was offenbar ganz dasselbe meinte und vielleicht doch wieder etwas anderes war, Hals-Wirbel-Syndrom (HWS), die Ursache dieser auch zuweilen sog. *Cervikalarthrose* indessen lag, wie ich erst später ärztlicherseits erfahren sollte – durfte! –, in einer gewissen Bandscheibenveränderung oder jedenfalls angeblichen -verbreiterung der Scheibe am dritten respektive fünften Halswirbel gleich unterhalb von *Atlas* und *Axis* –, was denn auch keine zwei Wochen später allerlei herrliche und z. T. sogar mehrdimensionale *Computertomografiefotos* bestätigen sollten, zu deren Gelingen ich nach meiner verblassenden Erinnerung dann sogar in eine große geschlossene oder höchstens halboffene Röhre zu kriechen hatte, die dann auch in gewissen Abständen eine Art putzigen Piepton erzeugte –

– was zwar auch nicht viel half, aber immerhin, jetzt machte der Schmerz nämlich seinen zweiten großen Fehler, es stellte sich nämlich in der gleichen Woche noch heraus, daß der genannte Schulter-Arm-Schmerzsektor vielleicht sogar nur der gewissermaßen untergeordnete war, daß es sich in Tat und Wahrheit in erster Linie vielmehr um einen, wenn ich das recht verstanden habe, *apoplektischen* Einschlag zwischen Stirn und Ohr resp. Zahnfleisch handeln könnte bzw. schon früher gehandelt haben könnte, wie mir Dr. Schubarth – oder war es Dr. Krautwurst? – schmunzelnd andeutete; was mich sodann in der weiteren Folge allerdings und seltsam genug direkt zu Dr. Plier führte und überführte und seinen gewiß nicht schädlichen, wenn auch wohl nicht so besonders nützlichen Entfernungen von Blei, *PCP* und Quecksilber aus meinem gesamten Blut bzw. Blutkreislaufsgefüge.

Ah ja, lange ist all das her, *tempi passati*, beinahe mit Wehmut, mit einer Art wehmütigen Nostalgie denke ich an sie zurück, an diese gewissermaßen jungfräulichen Stadien meiner Plagen und Leiden, man könnte beinahe schon sagen: an meinen Schmerz *in statu virginitatis*, ja, also wenn ich das recht erinnere, war der Schmerz damals wohl vor allem auch auf die Beine, die Oberschenkel, konzentriert, nur in zweiter Linie auf die beiden Arme, was allein von daher schon den Terminus Schulter-Arm-Syndrom bzw. auch (hin und wieder zu hören) *Zervikobrachialsyndrom* stark relativiert, ja, genau und streng genommen, lächerlich und also sogar minder quälend macht. In den Kopf fuhr er, der Schmerz, vermutlich erst später. Meines Wissens um den Herbstanfang herum, damals, als auch der Komet um die Erde kreiste oder doch stracks an ihr vorbeifuhr. Und dann spitzte er, der Schmerz, damals sich vor allem da als Wirkung zu, wo er später – nach Auskunft ärztlicherseits – sich als seine eigentliche Ursache zu erkennen gab: im Rücken, allerdings ja keineswegs an jener Stelle, wo dritter und fünfter Halswirbel lagern bzw. sich winden; sondern wieder dort unten, wo Brust- und Lendenwirbel aufeinander stoßen oder doch m. E. allmählich ineinander übergehen. Warum auch immer gerade da – dies kaum erforscht, kam es mit dem Beginn des drauffolgenden Frühjahrs ja schon wieder ganz anders. Und noch viel toller:

Praktisch kam nämlich jetzt jeden Tag ein neuer Schmerz hinzu, zuzeiten residierten wohl an die zehn oder fünfzehn Schmerzen und Debakel mit- und nebeneinander an und in mir: Armnadeln, Beinbiezeln, Kopfweh, Luftröhrenweh, Schulterdruck, Ohrhämmern, Kiefergelenkpein, dazu gesellten sich mehr zufällige (*kon-*

tingente) und z.T. unausgewiesene und einzeln genommen auch minder quälende Klein- und Nebenleiden wie Bienen- und Mückenstiche, Blutergüsse, Verschleimung, Zehenbruch, Augenlidzwinkern, Herzrasen, Verfärbung des Urins – genug: Ich schätze, es war dann wieder ein halbes Jahr später, da zählte ich zwischen dem 1. und dem 31. Oktober 1991 insgesamt 27 große und kleine Krankheiten *respektive* Schmerzen, sehr gut, zweifellos hessischer Landesrekord, wobei ich notwendig gewordene Zahnausstattungsänderungen hier sogar noch unerwähnt lasse und nämlich gar nicht mitrechne – nun, 27, das hieß immerhin 3 hoch 3, also alle guten Dinge sind 3 mal 3, wie das Sprichwort sagt, und tatsächlich: meine Krankheiten, mein Gesamtschmerz, all das Wehe, sie sorgten zu der Zeit schon auch immer wieder für ausgesprochen nette Überraschungen und Gaunereien: Zum Beispiel dadurch und dahingehend, daß ich ausgerechnet damals, um meinen 50. Geburtstag herum, meist über einen besonders guten Schlaf verfügte und ihn mein eigen nennen durfte.

Wahrscheinlich aus Erschöpfung.

Mein Schmerz – ich nenne ihn so, insofern ich im Grunde überzeugt davon bin, daß er die verschiedenen und scheinbar unterschiedlichsten Krankheiten und Katastrophen und Kleindefekte recht gut zusammenrafft – mein Schmerz: er sorgte damals, in seinem zweiten Jahr überhaupt auch schon manchmal für sehr gute Unterhaltung. Zwar war er schon ziemlich zäh, doch erwies er sich auf der anderen Seite auch als wandelbar, wandlungsfähig und beeinflußbar, schon durch bare Beobachtung. Es muß in der düsteren Zeit gewesen sein, als mein *PCP*-Wert einmal gar kurzfristig auf 11,4 schnellte (womit dann sogar kurzzeitig einmal das alarmierte Umweltinstitut Offenbach befaßt war!), ehe er sich wieder scheint's ziemlich endgültig, ja gleichgültig bei 4,7 oder dgl. einpendelte, also vor rund eineinhalb Jahren o. ä., ich war damals wohl primär bei Dr. Hirsch in Behandlung gewesen, noch nicht Dr. Krautwurst, die Sache Dr. Plier hatte sich inzwischen als ziemlicher Fehlschlag erwiesen, als mein Schmerz sich einmal eine Woche lang ganz zur Ruhe legte, bevor er mir dann mit einer neuen Taktik nicht unerheblich neu zuleibe rückte. Eine Taktik voller Arglist: Es war ein bißchen schon wie der Wettlauf zwischen Hase und Igel: Konzentrierte ich mich vollständig auf meinen Oberarmschmerz und suchte ihm durch Eisreibungen, Fangopackungen u. dgl. beizukommen, dann schien er, der Schmerz, mir einerseits neugierig dabei zuzusehen, mir über die Schulter zu blicken, wie um mir quasi zu Hilfe zu kommen – wie gefügsam verschwand er dann auch, um noch in der gleichen Stunde gleichsam unvermerkt und jetzt im Hinterkopf neuerlich aufzutauchen. Am anderen Tag ging's rasch ins linke Bein zurück, kaum hatte ich dies schlimme Bein durch allerlei Medizinballübungseinheiten halbwegs wieder unter Kontrolle oder doch *Kuratel*, schon schwand der Schmerz ganz folg- und fügsam wie ein Schäfchen – wie ein wildes Tier in Panik, wie ein schwerst irritiertes Tierchen, das da sich vor Gefangenschaft fürchtet und gerade dadurch in eben sie rennt, fand er, der Schmerz, am Abend in den beiden Schulterrundungen sich wieder, tobend, fauchend, scheußlich wie nicht mehr von dieser Welt –

– jawohlja, das muß Ende 1991 gewesen sein, schon Anfang 1992 kam es nach meiner ungefähren Erinnerung dann mehr zu einem wechselseitigen Belauern zwischen mir und meinem Schmerz: Hatte ich z. B. Tabletten bei mir, die berühmten Muskelfaserentspannungstabletten *Musaril*, dann ging mein Schmerz zumeist zurück und minderte sich oder unternahm jedenfalls keine neuen Überwältigungsversuche, ohne daß ich die Musarildingerchen doch wirklich zu mir genommen hätte. Hatte ich sie aber tatsächlich mal vergessen, wie damals bei jener verfluchten Reise nach Brügge und Malmedy, dann aber schlug mein Schmerz geradezu fürchterlich zu und zurück, mit Trommelfeuer, mit einem wahren *furor teutonicus* – als wolle er mich nicht allein schwerst bestrafen für seine Negierung, sondern mir auch ein für allemal alle Flausen austreiben dahingehend, daß ich eventuell noch auf den Gedanken verfiele, ihn gar unterschätzen oder unterlaufen, ihm unversehens entwischen zu wollen, was denn! O wie schlug da mein Schmerz drauflos und peitschte peinigend mich vorwärts bis nach Peine oder jedenfalls ins Elend, ins *Epizentrum* seines noch immer ja nicht ganz ermeßlichen Schmerzensreichs hinein! O wie zeigte er mir da den Meister, ach, was war das für ein ungleicher Zweikampf, zumal mich damals ja auch noch eine Meniskusverletzung plagte und ein Hühnerauge nächtens furchtbar quälte!

Das Leben besteht nicht aus siebzig Jahren, sondern die siebzig Jahre bestehen aus einem fortwehenden Leben, und man hat allemal genug gelebt, man sterbe, wann man will. Gut, gut gesagt vom Dichter, allein, auch das läßt ja der Schmerz so leicht nicht zu. Nicht allein zwingt er ja fast im Sinne sportlicher Ethik zu Verbissenheit gegen Verbissenheit, Tücke gegen Tücke, Zahn gegen Zahn, sondern mitunter zeigt er ja gerade dadurch seine Zähne, daß er scheinbar Fairneß gewährt und einräumt – Fairneß, Ruhe, Auskömmlichkeit. Zum Beispiel erst wieder vorgestern, als er, der Schmerz, einmal mehr schon gänzlich hingeschwunden schien, hingeschmolzen in Nichts und Sondernichts, als früh gegen 7 Uhr zum verblüfften Erwachen aller Schmerz sich ganz und gar verflüchtigt hatte, der Leib beim Frühstück geradezu zu rebellieren schien vor Wohlgefühl und Aftervergnüglichkeit – und aber schon um 9.30 Uhr mein Schmerz hast du nicht gesehen aus nichts wie nichts und wie der Blitz in den Zahn, in die obere rechte Zahnreihe, einfuhr, um dort bis gestern mittag genüßlich zu verweilen. Und erst dann ein bißchen in das linke Schulterblatt hinüberzuwechseln, wo er seither ruhig und geruhsam lungert. Während ich ihn dabei belaure. Und gleichwohl nichts dabei vermag. Den Schmerz zu hemmen oder doch einzudämmen, trieb ich vordem und eigentlich schon wider besseres Wissen wohl einiges Rückenschwimmen in Frei- und Dampfbädern, zuweilen sogar, beschämend genug, manches Jogging – allein, mein Schmerz zog wie zufällig und abermals nicht ohne eine gewisse sympathische Bosheit mit und die Zügel an, indem er mir nun prompt Armschmerzen bescherte, Armweh wie nach einem Sportunfall, dem sogenannten Tennisarm wohl ähnlich, sodann auch eine Art Übelkeit, Übelkeit aber nicht aus dem Magen, sondern gewissermaßen aus dem linken Unterarm heraus, wie ein Pestgefühl herrührend ausgerechnet und unmittelbar aus den Sehnen, aus Elle und Speiche, zum Schmerzausgleich dann aber wieder vermehrt nächtlichen Schulterschmerz, diesmal allerdings gerechterweise rechts.

Jawohl, allerlei hübsche Kapriolen ließ sich mein

Schmerz damals und eigentlich zu jeder Zeit einfallen, es war in jenen Tagen und Wochen, als ich die Hoffnung auf Dr. Plier und seine *therapeutischen* Eingebungen längst aufgegeben hatte und wieder reumütig zu Dr. Hirsch und Dr. Krautwurst zurückgewechselt war, welche beide ich im ferneren *Procedere* nach einem gewissermaßen intuitiven Mix-System auf- und heimsuchte, was jedoch alle zwei nicht wissen durften, ich hoffe heute noch, daß es keinen Ärztestammtisch gibt, an dem derart launische, unsichere Patientenkantonisten wie ich hämisch durchgehechelt werden – und doch, alle Versuche, mich meines Schmerzes zu entledigen, meines furchtbaren Schmerzes zu entsetzen, scheiterten damals beinahe schon planvoll, mußten damals schon so schmach- wie hohnvoll scheitern – denn das Unterpfand der Genesung, des Glücks, der Gewahrwerdung von Gesundheit wäre wahrscheinlich eine gute, eine aus langer Hand vorbereitete Gesprächsauseinandersetzung mit meinem Schmerz gewesen, eine Gesprächsanordnung, die beiden Interessen Gerechtigkeit hätte widerfahren lassen müssen, meinen und denen des expansionsfreudigen, des wie einst Hitler in der Folge von Hans Grimm von der schieren Expansionsnotwendigkeit blank überzeugten Schmerzes. Und niemand wäre heute williger und gewillter als ich, dem Schmerz Lebens- und Existenzrecht und mithin Expansions- und Extensionslüste einräumen, keiner unlustiger, sie ihm als evolutionär ökologische Nische bestreiten und verabsäumen zu wollen. So wie der Vogel durch die Lüfte fliegt, so wie jeder Hund seinen Auslauf und sogar der dumme Schwertfisch seinen Hoheitsraum braucht und hat, so der Schmerz den seinen. Und das nicht zu wenig. Davon bin ich vollkommen überzeugt.

Denn siehe, wie der Dichter seufzt, nur mühsam erreicht der Mensch die Alpe der idealischen Liebe, noch mühsamer und gefährlicher aber ist – wie von anderen Alpen – das Herabsteigen von ihr. Und wenn mein *PCP*-Wert auch auf 30 und auf 50 stiege und hochklettern täte: dieses Lebensgesetz, dieses *Survival*gesetz der *selektiven* Durchsetzungsfähigkeit in diesem Fall eben meines Schmerzes habe ich voll anzuerkennen. Und wenn ich dabei auch selber vor die Hunde gehend auf der Strecke bliebe!

Im Alter, wie der gleiche Dichter weiß, richtet der Mensch nämlich sein erdiges Haupt voll Traum- und Sternbilder gegen den stillen Himmel auf und schauet ihn lange an und sehnet sich bewegt. Richtig, was aber heißt das, was soll das heißen? Nun, es war dann Mitte oder auch schon Frühherbst 1992, als mein Schmerz da offensichtlich nochmals Taktik und sogar Strategie wechselte. Dergestalt nämlich, daß er zum erstenmale und gezählte 892 Tage nach seinem Eintrittsdebut sich scheinbar entscheidend vom linken auf den rechten Oberarm verlegte und kaprizierte, und dies schon höllisch brennend, sengend, vollkommen infernalisch. Und mir damit immerhin so ungewollt wie unverhofft einen großen, ja einen riesigen Gefallen tat. Denn genau damit endigten auch und erledigten sich meine seit Ende 1990 schon wiederholt aufflackernden Sorgen dergestalt, es handele sich bei meinem linken Armschmerz u. U. gar nicht um ein überlebenstechnisch eigentlich recht belangloses HWS-Syndrom; sondern vielmehr leider um die Ankündigung einer *Angina Pectoris* oder gar eines bösen Herzinfarktes. Denn genau so pflege, wußte ich längst aus der einschlägigen Fachjournalistik, eben dieser zuweilen, und meist verbunden mit gewissen argen Brustdruckschmerzen, dem Leidenden sich anzusagen und anzukündigen, als Preß-Druck-Schmerz auf und in dem linken Arm – aber niemals im rechten. Hurrah! Aber hallo, ich weiß noch, wie ich vor Freude inmitten des höllischen Schmerzes sogleich eine Flasche Schampus öffnete und springen ließ und in einem großen Satz in mich warf und mich's nicht verdrießen ließ – auch wenn in der unmittelbaren Folge dessen mein Schmerz nur um so höllenmäßiger, höllenhundhafter wütete und werkelte und die Chemie des schädlichen und dem tunlichen Stoffwechsel ohnehin ungünstig gesonnenen Alkoholfusels nutzte und im nun also rechten Arm herumfuhrwerkte und ein richtiges Randalieren veranstaltete; worauf, auf dem Höhepunkt der verwirrten Freude, sich sogar der linke Arm knapp oberhalb des Ellenbogens mit einem kleinen Zwicken zurückmeldete, einem Zwicken wie ein gewissermaßen Querulieren von leichter Beleidigtkeit mal zeitgeistlich bedingter hedonistischer Mitmachfreude an allem und an jedem und vor allem am hemmungslosen Quälen aller gegen alle. Ja, ich sah mich dann sogar gezwungen, um beide Schmerzen an ihren neuen und neuartigen Gravitationszentren in Zaum zu halten, noch eine zweite Schampusflasche zu öffnen oder vielmehr, nein, drei Flaschen Bockbier waren es, welche dazu auserlesen und ausersehen waren, die jetzt nachgerade besinnungslose Niedertracht meines altneuen Schmerzes, meines geliebten Syndromschmerzes, in den subalternen Suppentopf des Rausches und mithin endlich *Morpheus'* Arme zu verwandeln und überzuführen und im Feiern neuropathologisch zu neutralisieren und zu anästhesieren –

– und siehe, schon am andern Morgen war der Schmerz brav in den linken Schulter-Oberarmdistrikt zurückgekehrt, um sich dort weiterhin gemütlich zu dehnen und zu strecken, wie er's brauchte, und für die nächsten Wochen und Monate auch mehr oder weniger exklusiv im Oberarm zu verbleiben, mit gewissen Ziehschmerzkorrespondenzen zur Sehne unterhalb der Ellen-Speichen-Region, wenn ich das richtig mitgekriegt habe, – doch, aber eine schöne, eine gelungene Unterhaltung war's allemal, und vielleicht läßt es sich mein Schmerz ja dann auch dereinst nicht nehmen, zum schon nächstens bevorstehenden 1000 Tages-Jubiläum seines einstigen Eintritts in meinen Leib noch weit tollere Schwänke und Kapriolen sich einfallen zu lassen.

Meinen Segen hat er.

Die Menschen, der Dichter weiß es, sind einsam. Wie Tote stehen sie nebeneinander auf einem Kirchhofe, jeder allein, ganz kalt usw. usf., – und doch kommt es selbst zwischen diesen Kirchhofsvortoten hin und wieder zu Korrespondenzen, zum geselligen Miteinander, zuweilen ja auch wohl sogar zu fast heiteren Konkurrenzen. Hatte ich ihm vom Fortschreiten meiner raren Schmerzlaufbahn berichtet? War's purer Zufall oder doch bare Telepathie? Genug, es muß in der Phase dieser Links-rechts-Armbewegungsinterferenzen gewesen sein, als Freund Fritz Karfunkel brieflich mir Bescheid tat, um mir werweiß womöglich auch noch auf diesem Besitztume des Schmerzes schnöd das Wasser abzugraben: Seine eigene Schmerzkarriere, schreibt mir Karfunkel am 16. 12. 1991 in seiner verdächtig groben Handschrift und sinngemäß und ohne daß ich ihn darum gebeten hätte, habe gestern einen Höhepunkt erlebt: Schmerzen, leichte, beim Wasserlassen, in Verbindung mit, schreibt Karfunkel wortwörtlich, wunderbar lilarosa Urin hätten sich vor ein paar Tagen zum üblichen Brustdruck und Augenbrennen eingestellt und eingefunden – der beunruhigt in die Wohnung bestellte Doktor habe das Urinfläschchen hingehalten, er, Karfunkel, habe hineinuriniert, der Doktor aber habe nichts daraus erlesen können, keinen Deut, keinen Mucks, nicht einmal eine ruinöse Tropenkrankheit, da plötzlich – die Erleuchtung des Arztes: Wann er, Karfunkel, zum letztenmal rote Beete gegessen habe – gestern, und wie! eine ganze Schüssel Salat usw. –

– kurzum, die Pointe: *Malade imaginaire.* Was aber wollte und will mir dieser Brief? Wollte er, Karfunkel, meine bis dahin ohnehin nur vornehm und wie obenhin angedeuteten Schmerzrapporte relativieren, lächerlich gar machen? Will er, der Böse, doch letzten Endes in Konkurrenz mit mir treten, in den Endkampf einsteigen? Auf daß ich denn gleich zwei schwere Brocken als Gegner vorfände – meinen Schmerz und obendrein den dummen Fritz Karfunkel? Nun, genug auch davon, ich weiß, daß ich sterben muß, auch wenn ich das genau genommen erst seit acht Tagen weiß. Der Schmerz hat's in den Morgenstunden des 23.10.1992 mir ja zugeflüstert, mitten unterm trüb dämmernden Morgengrauen. Ein Schmerz indessen, ein einziger nur, wird dir, Leser, verziehen und vergolten: Es ist der um deine Gestorbenen. Denn dieser süße Schmerz, wie der Dichter raunt, um die Verlorenen ist ja doch nur bloß ein anderer Trost: Wenn wir uns nach ihnen sehnen, ist es nur eine wehmütige Weise, sie fortzulieben – und wenn wir, o Leser, an ihr Scheiden denken, so vergießen wir ja so gut Tränen, als wenn wir uns ihr frohes Wiedersehen malen, und die Tränen sind wohl nicht verschieden …

So recht eigentlich wollte ich aber wohl etwas ganz anderes sagen, und nur der gleißende Druck zwischen Schulterkrümmung und ausgestrecktem Handballen hat in die verkehrte Richtung mich genasführt. Dieses aber wollte ich vielmehr sagen, und das mit aller Kraft: Es ruhet nämlich, der Dichter weiß es und ich erwähnte es schon, tief im Menschen etwas Unbezwingliches, das der Schmerz nur betäubt, nicht besiegt. Das sagt auch Dr. Hirsch, der mich auch immer wieder mahnt, den inneren Schweinehund zu überwinden. Und mir dabei fast unvermerkt den Blutdruck mißt. Und an den Sehnen des Unterarms entlang fährt, dort wo Elle und Speiche sich befinden und zum Teil vereinen. Ab und zu schickt Dr. Hirsch nicht anders als Dr. Plier und Dr. Krautwurst mir dann eine Rechnung. Und ich zahle alles weg.

Ein drittes Mal zu weit gegangen ist mein Schmerz übrigens erst vor vierzehn Jahren oder doch Tagen, ein drittes Mal hat er sich schon gar zu weit vorgewagt, bei allem Verständnis für auch seine Interessen: Das war m. E. vorgestern mit dem von zweifellos ihm veranstalteten ganz und gar närrischen Zahnweh i. e. Schmerzbestrahlung und (ich nenne es so) Schmerzabfuhr in die Zahnreihe oben links, wie sie sich mein Schmerz also seinerzeit im Sinne seiner Gesamtpolitik erlaubte oder vielmehr zu gestatten meinte. Freilich, keine Frage, da ist er um den entscheidenden Hauch zu weit, gar zu weit gegangen – dieser von ihm krass an- und aufgerissene Zahnschmerz fällt schmerzhaft und stutzerhaft und sträflichst auf ihn selbst zurück, auf ihn und seine Kinder bis ins siebente Glied, da beißt die Maus ja keinen

Faden ab. Neinneinein, Aua. Ah, wie das wehtut, hm. Was ein schlimmer, greller Wehschmerz. Ah! Aber: es macht mir nichts. Es macht mir nichts mehr aus, denn, nein, es überzeugt mich nicht. Es tut mir nicht mehr weh. In dem Augenblick, in dem ich seine Strategie durchschaue und es sogleich fügsam niederschreibe, in diesem Nu bin ich gefeit. Prallt ab von mir der Schmerz. Au. Hat er nichts mehr zu bestellen – hat er sein Konto überzogen, hat er sich, ha, nun doch gar zu weit aus dem Fenster gelehnt. Auauaua, lächerlich! Wie er sich denn nur nicht schämt! Dieser Knaller, dieser – Judas! Dieser Biedenkopf Ischariot und Kreon Ödipus und – –

Eine schlimme Nacht liegt hinter mir, am Morgen halfen dann zwei-drei Musaril ein bißchen nach. Aber freilich: Ein jedes Ereignis in der Natur hat seinen bestimmten Grund, wie Hippokrates es einst zu Papier brachte, warum nicht auch noch dieser Schmerz. Jetzt geht es wieder. Daß er nach Mitternacht nach meinem Dafürhalten von der linken oberen in die rechte untere Zahnreihe gefahren ist, das beschämte und disqualifizierte meinen Schmerz übrigens sogar noch einmal, und zwar nochmals entschieden: Im Schlaf die Menschen meuchlings an- und überfallen! Übrigens zu seinem eigenen Schaden. Denn nicht länger vermag und vermöchte er ab jetzt seinen Eigner zu narren und zu täuschen und ihn mit süßen Hoffnungsbildern ins Chimärische zu manövrieren oder jedenfalls zu transferieren – noch auch nur durch die üblichen Taschenspielertricks noch weiter irrzuführen. Denn jetzt erkenne ich es klar und wahr: Nur dann, dann nur, wenn dieser Schmerz links oben und – und! – zugleich linksrechts unten aktiv und effektiv und tragfähig geworden wäre, nur dann wäre partout nicht mehr zu unter- sowohl als zu entscheiden gewesen, ob der Zahnschmerz traumatisch nach oben in die restliche Krankheit abstrahle – oder umgekehrt: ob der Oberarm (*Humerus*) umgekehrt seinen Schmerzvorrat nach unten tauchen läßt und respektive senkt. Weil: mein unterer linker Eckzahn ist auch tatsächlich demoliert und zu keinem weiteren Tun mehr nütze. Wer weiß, sogar total marode. Vielleicht ja morde ich ihn gar heute noch hin und mache ihn tot.

Jawohl.

So, und abermals habe ich meinem Schmerz zwei Musaril-Tablettchen zu fressen gegeben und verabreicht. Daran möge er ersticken. Jetzt, ha, mimt er sicher den Gekränkten und Traurigen – ist aber nur eingeschnappt und bereitet aus dem Hinterhalt, wie ich weiß, den nächsten Schlag schon vor. Und ich spute mich also, mit meinem wahrheitsverpflichteten Bericht voranzukommen, ehe der Tag hinsinkt und der Arge wieder zulangt:

Ja, auch sonst ja hat es mein Schmerz im Zuge und Verlauf der vergangenen und schon passierten Jahre mit allerlei Tricks und Sperenzchen versucht, hat diesbezüglich nie was anbrennen lassen, nein, weißgott nicht. Schon vor anderthalb Jahren täuschte er mir und meinem ursprünglichen – man vergesse das nicht – Halswirbelzervikalbereichssyndrom ja in ohnehin schwieriger und bedrängter Lage einmal auch einen stechenden Zahnschmerz bei Einnahme kalter Getränke oder aber Obst vor, simulierte mir – man möge dies nicht unterschätzen – böswillig einen, unabhängig vom Sehnenscheidenentzündungsbein- und kopfweh, richtiggehend kaputten Zahn resp. Hohlzahn o. was dgl. Unfug sein mochte. Heute dagegen z. B., durchschaut, aber deswegen keineswegs klüger geworden noch andererseits beschimpft, trickst und rumort der Schmerz als überaus mulmiges Zahnfleischschwellungsgefühl in meinem linken Mundhöhlenraum herum, gleichfalls und *item* simulativ oder doch simulatorisch – aber was nutzt es mir groß, wenn ich auch diesen scheinbaren Gestus von Versöhnung als eine erschlichene und erpreßte zu qualifizieren und zu entlarven vermag, daß ich auch diese schwere Unholderei leicht als den üblichen Quatsch durchschaue? Weh tut er trotzdem, sehr weh, hah, jetzt wollte er, der Schmerz, doch tatsächlich auch grad noch in meinen Handballen hinüberfahren, am Ellenbogen hab ich ihn so gerade noch erwischt und in Mundhöhle und Schultern als an seinen angestammten Doppelsitz stracksest zurückverwiesen! Hah! Haha!

Wie allerdings spricht der Dichter? Der Mensch, schreibt er ohne zu zögern, sollte von Jahr zu Jahr in immer kleinere Zellen kriechen – ob es wirklich so sein könnte, ob's wirklich dadurch gar zu bewerkstelligen wäre, damit meinem Schmerz zu entgehen? Indem ich mich verstecke, mich und meine Oberfläche ganz klein und mithin praktisch immun mache? Nun, *sic rebus stantibus* würde diese Rakete, diese Schmerzkanone sicherlich auch jene Zellenwand durchlöchern und durchsieben, wobei der Krümmungsschmerz meines alten Leibs zum ohnehinnigen und alten Leid träte und sich immerhin getrost gesellte – man wolle auch beachten, daß in diesem Falle eine eventuelle Schmerzminderung oder gar Schmerzeinbuße (Schmerzverlust) durch den damit verbundenen Verlust meines angestammten Peitschenlustgewinns wieder mehr als ausgebootet oder jedenfalls ungünstig kompensiert wäre, es waltet ja doch dieser Schmerz seit Monaten sogar auch noch als *Paradigma* für die weckende Kraft seiner selbst als *fluktuative Konsistenz* meines so gut wie täglichen Stuhlgangs, gewiß doch, das wiederum ließe sich sicher seinerseits überkompensieren, fügt es sich in neuerer Zeit (*Chronos*) doch auch wiederholt und zum wiederholten Male, daß der Schmerz vom linken Unterarm *direttissima* in den rechten Oberarm hinüberfährt und saust und sprintet, womit er natürlich ohnedies seiner drohenden und bedrohlichen Anmutung (Aura) hintergeht oder jedenfalls verlustig geht, eventuell doch dereinst einen recht erwünschten Herzinfarkt (Tod) auszulösen und die Verantwortung dafür zu übernehmen – zumal sich der Schmerz damals auch wieder auf die Unterarmsehnenregion als seinen Hauptsitz zu konzentrieren schien, neue Nahrung also für den auftrumpfenden Dr. Dr. Fleiter und seine Theorie und Diagnose von wegen *myotendinitisches* Schmerzsyndrom im Verein mit linksseitigem Spannungskopfschmerz verschwägert mit der weiteren *Chronifizierung* eines evtl. *algogenen Psychosyndroms*, welchen allen zusammen Fleiter erneut mit einer multifaktoriellen *Power-Laser*-Therapie kombiniert mit *Akupunktur*, *Reflexzonentherapie* und gelegentlich sogar mit elektrischer *Konvulsionstherapie* und *Kryotherapie* zu Leibe zu rücken hoffte – gut gemeint ja sicherlich, wobei aber leider der ganze Aufwand doch erneut sehr wenig nutzte, als keine drei-vier Wochen später der Schmerz wieder vom Behandlungsorte weg nach oben in den Schulter-Oberarmbrachialbereich sich verfügte und dünn machte.

Die Ursache dieses Rätsels wiederum vermochte übrigens auch eine zweite Tomographie, welche ich dann acht oder vierzehn Wochen später auf Anraten von Dr. Ibrahim über mich ergehen ließ, nicht zu entschlüsseln und zu ermitteln noch gar zu enträtseln, diesmal sogar in der Röhre einer *Computerspintomographie* mit farbigen Blutverstärkungsessenzen, welche die gute alte und ordinäre Computertomographie vollkommen überholte und unschädlich machte und endlich und endgültig der Kardinalinfamie und Naturgemeinheit meines Schmerzes mit schwerstem Geschütz an die Gurgel fahren sollte, assistiert hier sogar durch die synchron geschaltete Erstellung eines den früheren *EKG*-Befund ergänzenden *EPGs*, eines die elektrischen Hirnströme messenden *Enzephalogramms*, eines ab sofort nach den Gesetzen der Ultraschallkunde funktionierenden *Elektroenzephalogramms* als der berühmten Hauptwaffe der allg. *Enzephalopathie* oder *Enzephalopathologie* oder wie auch immer –

– nun, genutzt hat selbstverständlich auch das nichts, zumal Dr. Ibrahim insgeheim bei mir ja wohl auch mehr auf eine Lungenthrombose oder eine Bronchienverunstaltung o.dgl. tippte und nur stundenlang allerlei Allergiereaktionsexperimente an meinem rechten (!) Arm anstellte (mit mehreren Farbstiften) und auch sonst recht undeutlich an mir herumhantierte und -stöberte und -suchte und mich wohl sowohl in die große Computerspinröhre als auch in die Enzephalographieabteilung der dafür zuständigen Frau Dr. Hans so mehr pro forma schickte und beorderte.

Also, ich möchte natürlich hier nichts gegen die sogenannten Orientalen sagen und vorbringen, gegen ihre »sog.« Heilkünste aus der Zeit von Archimedes und Graf Galen, diesen hier nichts nachsagen und ankreiden, außerdem ist die Familie Ibrahim m.W. schon seit

3,5 Generationen hier in Old Germany ansässig und dem deutschen Medizinablaufsbetrieb bestens zugeordnet und ergeben und restlos einverleibt. Ich glaube auch und sogar, daß Dr. Ibrahim sehr wohl die mehr partiell chamäleonid-chimärische Struktur und Artung meines Schmerzes, meines Wander- und Wechselschmerzes, erkannte oder doch erahnte und beiden gewissermaßen entgegenkommen wollte und mich deshalb sozusagen als Überraschungsgast in die Röhre schickte zur *Spinfeststellung*. Derart dieser Promenadenmischung von einem Schmerz-Mix vielleicht gar noch ein paar neue Erkenntnisse oder zumindest wissenschaftstheoretische Schmerzinnovationen abzugewinnen. Doch, als echter Wüstensohn aus dem Reich Scheherazades und von Tausendundeiner Nacht wußte Dr. Ulf Ibrahim, anders als Dr. Plier und Dr. Hirsch, zu schweigen von Dr. Krautwurst und gar Dr. Dr. Fleiter sowohl als Dr. Hans und Dr. Poepling und wie sie, diese gottverfluchte Bande, alle heißen mögen, sehr wohl, wußte er sehr genau, was er da tat, ah! – und wie man sich meinerseits schmeichelt und legitim auch sehr wohl schmeicheln darf, erahnte auch ich meinerseits ja rasch die Intentionen und geheimsten Pläne und Strategien Dr. Ibrahims, auch seine Ablenkungsmanöver mit den hübsch buntscheckigen Allergietests, die meinerseits als glatte Fehldiagnosen mal Nonsens-Therapieversuche zu deklarieren und deklassierend zu verbuchen und unter Umständen beim Hartmannbund zu melden nur planste, ja platteste Medizinkritik sich anmaßen und aufwerfen darf, das walte Satanas, ahah! – ja, nein, auf Dr. Ibrahim lasse ich gar nichts kommen, für ihn werfe ich mich jederzeit in die Bresche, sogar ja vor den Zug sowohl als ins Feuer, aua, dieses Höllenfeuer, aus dem ich ja Dr. Ibrahim jederzeit herausfischen und erretten würde oder werde, nein, und auch auf meinen *Humerus*-Oberarm (i. e. Bizeps) lasse ich gar nichts kommen noch auf Dr. Ibrahim, *apage Saturnus!* Oh, oh, oh nein – –

Ja, und seit einer Viertelstunde, ha, ist dieser böse Zahnarmschmerz ja auch schon wieder praktisch verschwunden, ist der diesmal irgendwie *pneumatische* Schmerz – fast habe ich es erwartet – faktisch wieder ausgefahren, aus dem Zahn geflohen. Hat treulos ihn verlassen. Hat sich verdrückt und glatt verkrümelt. Um – auch das war ja beinahe zu gewärtigen – einer gewissen allgemeinen und groben Übelkeit Platz zu machen. Lokalisiert vor allem, wenn ich das recht sehe und erspüre und autodiagnostiziere, in der halblinken Schlüsselbeingegend, ja, doch, ich denke, es nennt sich Schlüsselbein, das Ding. Mal sehen, wie es von dort weiterhin mag gehn. Ich jedenfalls bin guter Hoffnung.

Benn freilich, es sucht der Mensch, der mehrfach vorerwähnte Dichter weiß auch dies, unter dem kalten Schnee der Gegenwart sich zu erwärmen, bzw. aller Kummer erhebt ja doch letztlich nur über die bürgerlichen Zeremonialgesetze und macht den Prosaisten zum Psalmisten (S. 109). Und nicht eben zu seinem Prestige, zu seinem Renommee, zum Leumund seiner Qualität trägt auch bei, daß mein Schmerz früher schon immer wieder mal und auch vorhin schon wieder ganz munter vom linken zum rechten Ohrläppchen spaziert ist, ehe er nun wiederum, wie ein geruhsam schnurrendes Katzentier, in der Kniekehle niedergelassen sich hat wie ein niedergelassener Arzt, wie Dr. Hirsch, wie Dr. Ibrahim, und wie sie alle heißen mögen. Meine Treuen, meine Guten, meine

Enzephalopathologen. Und auch nicht ohne, was mein Schmerz sich erst – wann war's? – vorvorgestern gestattete, ja verstattete: Wie er da nicht ganz ohne alte Tücke, aber doch im wesentlichen freundlich-freundschaftlich zwischen seinen wütenden Stromstößen mir oder sich den Schmerzausgleich eines richtigen, eines ganz ordinären und vulgären und also fast hedonistischen Kopfwehs gönnte, eines *eudämonischen*, eines geradezu strahlenden Kopfwehs, mit dem anderen Dichter zu preisen – und mir dann wie im Traume zuzuraunen schien, ich solle doch um Gotteswillen bloß mit ihm zufrieden sein, so wie er, der Schmerz, ja insgesamt mit mir auch recht zufrieden sei. Weil, hätte den Schmerz ich, sein Eigner, auch nicht mehr, auch ihn nicht mehr, ich hätte ja doch gar nichts mehr, Vater, Mutter, alles tot, was schert da Weib und schert uns Kind, es gibt ja ohnehin kaum eins, läßt sich auch machen kaum geschwind –

– ah, und da ist er ja auch endlich wieder, aha, Sonntag, 11.24 Uhr: Ah, wie er rast, mein lieber Schmerz, mein lieber Schwan! Und wo? Ist noch nicht so ganz genau auszumachen. Irgendwo halt im Schulterarmzahnbeinverband. Eine Art Ausdünstung an Schmerzreizbarkeit, ein phenolchloridischer Schwelbrand, ja ein wie substanzlos immaterieller Pestgeruch dessen scheint mir von ihm am heutigen Tage auszufahren und abzustrahlen, von meinem – im Kern das alte Lied – schulterhalswirbelsyndromatischen Oberarmschmerz, von da aus scheint er die ganze Welt von heute an noch restloser, lückenloser veruntreuen zu wollen, ah, eine Art Entsittlichung der Welt und ihrer moralischen Natur ist es, was ihm da wohl vorschwebt und *ergo* und wunderlich genug aus meinem Humerus spricht und redet und jetzt auch wieder ein bißchen aus dem Unterkieferverein im Gesamtverband der tollen Schmerzen. Aber – jawohl, ich werde diesen Verband noch töten, killen, in die Knie und zur Aufgabe will ich ihn zwingen, aufdaß es schon in Bälde tage, aufdaß das Wort erfüllet werde, aufdaß er dereinst doch noch das Handtuch werfe, der Schmerzverein, ehe ich es werfen muß! Jawohl, ich werde ihm Kopfnüsse und Ohrfeigen verabreichen und darreichen und verabfolgen, noch ehe der Tag graut oder jedenfalls erdämmert! Ohrfeigen, daß die Bude wackelt, Kopfnüsse, daß die Erde tremoliert. Waghalsigste Dinge werden hier im Raume bald geschehen, ja doch, jawohl, Unerhörtes wird schon bald sich satt ereignen. Der Zukunft Morgenfinger greifelt ja alljetzt schon zur Konkupiszenz des Mittagsfiebers hinüber, – ha, ahoi! *Einige* werden dabei baden gehen und werweiß vielleicht auch Gott – wo alle untreu werden, auch Gott, da *halten wir doch stand*, ich und mein Schmerzverband, ich und mein Renegat. Der Sauhund, die Hundsausau. O der Wehen, o der Tränen – achachach – o mir!!

Wie er doch noch immer rast, mein lieber Schatz, mein lieber Schmerz. So wie ich ja selber durch das Weltall rase, mit immerhin 29783 Stundenkilometern durch das Weltall düse, also weit eiliger noch als Di und Dodi in den Tunnel rein, und dabei immer mit dem Schmerz als meinem Beifahrer auf dem Buckel, immerfort oder doch immerhin sehr zeitweilig und letztlich willig, wahrscheinlich bilden ja die beiden Rasereien ein Kräftevektorparallelogramm oder s. ä. oder dgl. – jedoch irgendwann wird dieser Schmerz seinen vierten und entscheidenden Fehler machen, und ich werde ihn, bei Jahwe, an der bösen Gurgel packen und an seiner Ehre zu fassen kriegen, und dann wird sein Heulen und Zähneknirschen und ein großgroß Übel wird als seine eigene langangestammte Hegemonialmacht aus der Welt hinausfahren mit Rumms und mit Gestank, dann aber wird man, wie dem alten Dichter schwant, schauen, wie blühendrot der Abend gegen den Morgen zieht, jawohl, ah, und die Pforten der Hölle werden mich nicht länger überwältigen. Zwicks Angebot an die gebildete und humanisierte Menschheit wird als metamyomenschheitspolitische Humanitätsethik wieder Geltung und sicherliche Anerkennung erlangen, wie vor 36 Monaten werden Treu und Glauben das Land wieder beherrschen und sich der Sittlichkeit erneut bemächtigen, mein PH-Wert pardon: mein *PCP*-Wert wird von 180 ganz rasend schnell über die Hundertermarke auf 14,1 sowohl als 3,56 zurückfallen und hinabstürzen auf 0,000012, also praktisch nichts, also praktisch Gott, jawohl, auch Gott wird wiederkommen und sein Comeback feiern unter stetem Glockenläuten von Woityla und Dr. Ibrahim und Dr. Krautwurst als ökumenische Aufhebung des alten Schismas, als Wiederversöhnung von Okkident und Kukident, der externe Zahnschmerz aber versinke vor meinen, vor unser aller Augen in die siebte Hölle, dem Willen Gottes und der *vita nova* gemäß mitsamt der Wirbelgesamtaffaire (*Vertebra*, auch *Spondylus*) aus der wiedererstanden geistigen Welt (*mundus intelligibilis*), das Licht der Hoffnung trete aus dem Schattenreich des Schmerzes oder sogar Schmerzens, – ich hoher Schmerzensmann getraue mich zu hoffen vollständige Rehabilitation – – gleichzeitig allerdings werden die Umzugsverwirrungen in Maremma dieser Tage einen neuen Gipfelstand erreichen, wie man ihn nicht einmal im benachbarten Schruns bei Pratteln zu erklimmen kennt. Und wer sich nur einigermaßen in den hintergründigen Verhältnissen Maremmas auskennt, dem wird schwerlich entgehen, daß und wie – – ah? –

– ah, da ist er wieder, der Gesamtverband! O der wahren Schmerzensböller! O Bagage! O Schweineblase! O Blasenschlund aus Hohn und Hodenhöllendreck und Hochsadismuspervertiertheitspracht! Wei und Zetermord geschrien! Ah!!

»Verschärfte Schmerzen foltern mein Gebein«, so deutet es der jüngere Dichter an, ich aber pariere heute ihm mit wogenden Schmerzen, ein »Wogentoben«, an dem aller Widerstand, wie es ein dritter Dichter nennt, »zuschanden wird«. Nun, allora, wenn man heute den Schmerz im Zuge der neueren Schmerzwissenschaft (Algologie) in – sehr ähnlich der forcierten Bergsteigerei – Stärkegrade von 1 bis 10 einteilt, dann muß ich damals, Ende 1990, Anfang 1991 herum (aber was versteht schon ein Dr. Hirsch davon?) gleich einem Meteor, beinahe schon wie ein Komet alle Höhen und Tiefen von 1 bis 10 durchmessen oder vielmehr glatt durchrast haben, auch sämtliche bekannten Qualitäten (*qualitas*) vom Bohr- zum Preßschmerz, vom pelzigen zum mehr giftigen oder auch zum ameisenlaufkitzeligen Brennschmerz; geht man nach älteren und z. T. schon etwas aus der Mode geratenen Normen und Dinormen, dann waren das gestern z. B. mindestens 20 *Dol*-Grade physisch-somatischer Schmerz nebst vielleicht 14,3 Grad psychisch-terrestrischer *Dol*-Schmerz – ich darf an dieser Stelle höflich auch nochmals an den 24. 9. 91 erinnern, an diesen wahrhaft verfluchten Tag, als sich mein Schmerz die schon mehr als aparte, ja geschmäcklerische Abfolge und z. T. Koinzidenz Schulterpreßdruck links, Oberarmkribbelschmerz rechts, Augennervflackern, Wangenzwicken, myotendinitische Muskelfaserzerrung im und überm linken und rechten Handgelenksbereich, bis in den Handballen hinein sich erstreckend, dazu auch noch (bei sonst recht regelmäßigen Konditionierungen) einen sehr eigenwilligen Blutdruck von 160/105 und mithin doch nur die Drohung einer höchst vulgären *Angina pectoris* herausnehmen zu dürfen vermeinte, das Ganze kam *summa cum laude* bzw. korrigiere *summa summarum* auf gut und gern 30 Grad *phys.-som. Dol* nebst im Zuge der Angst vorm Bluthochdruck 25 Grad *psych.-terr. Dol*, welche beide Dolositäten *culpa in contrahendo* aber m. E. bzw. meiner Erinnerung nach sich verstrickten und gleichsam irgendwie selber ausbooteten und ausschalteten und sich insofern in Schach hielten, währenddessen ich mich im Sinne des *modus vivendi* mit meinem leibeigenen ohnehinnigen Hauptschmerz einfach hinlegte und es auf gut Glück irgendwie weitergehen ließ und es aufgab und dann sowohl als –

– jawohl, wie Ausdünstungen von Schmerz und Weh und Pein waren das zuweilen (aber was kann man schon groß von Dr. Hirsch erwarten?) in den letzten dreisechs Jahren, welche meine staatspolizeiliche oder jedenfalls staatspolitische oder immerhin staatsbürgerliche Zurüstung als ein wahres Nervenkonvulsionsverzweiflungskugeln so manchesmal in mehr als wahrlich *verfänglicher* Weise gefährdeten und im Affekt zur Beherrschungslosigkeit oder jedenfalls doch Unbeherrschungswilligkeit vorwärtstreiben wollten, da halfen dann auch all die schönen *PCP*-Dingfestmachungen und wiederholte *Computerspinenzephalogrammatiken* nicht mehr viel weiter, halfen kaum mehr vorwärts. Auch wenn diese jetzt plötzlich sogar auf den Namen *Computerkernspintomographien* hörten, die mich da weiter feien sollten und auf denen jetzt neuerdings auch mithilfe eines einzigen sich impulsiv drehenden Protons jede Menge meiner Blutleitungen und Knochenmarksgebilde und Wulste und sonstige Zerwürfnisse sichtbar und dienlich gemacht wurden. Denn »ewig derselbe bleibet mein Schmerz«, wie seinerseits der bekannte Liedkompositeur zufrieden feststellte und ins Grinzinger Beisl ging. Nein, es ging da ja bei mir mitnichten nur und lediglich mehr um folternde Schmerzen im Gebein, o nein, es ging da in der ferneren Folge auch noch um ganz andere Dinge und Machenschaften, nein, und ich möchte sie hier nicht verschweigen und durch manipulative Nachrichtenunterdrückung zum Verschwinden zu bringen versuchen. Gut, der Weise hat recht, die Seele des Menschen hat ihren Sitz im Gehirne, *okay, no sweat*, aber wer oder was ist denn diese Seele? Eingeräumt sei, daß der Seele Sein im Schmerz wohl gründen können sollte, doch, so könnt's schon sein, jawohl. Ich meinerseits unterstehe mich gleichwohl zu beweisen, daß es gerade diese Seele vielleicht ja gar nicht gibt. Oder was, wenn nicht vollkommene Geist- und also Seelenlosigkeit, zwänge mich 48,7jährigen davor oder jedenfalls dazu, seit drei Jahren auch ständig und inständig meine an sich wertlosen Exkremente, meinen *vulgo* sog. *Stuhlgang* zu beobachten und auszuwerten? Indem nämlich, so meine empirische Kenntnis, abgewonnen weniger ärztlichem Beistand (Dr. Plier? Da lache ich!) als der aufmerksam empirischen sowohl als *heuristischen* Eigenbeobachtungskunst, dessen jeweilige und seit Schmerzantritt sehr wechselhaft changierende Konsistenz *recht* genau Auskunft über meine Verfassung und mithin ja wohl Zukunftsgestaltung zu geben i. e. zu erteilen scheint. Ja, ich gestehe es an dieser Stelle als ein wenig einnehmender und vertrauenerweckender Abschluß meiner hier allmählich ausklingenden Schmerzmemoiren, daß ich, Höhepunkt menschlicher Erniedrigung und Selbsterniedrigung, im Zuge der höchstmöglichen Erkenntnis dieser Kausalkorrelation vorzüglich vor ein-zwei Jahren oftmals bewundernd, fast andächtig, ja durchaus anbetend vor der Wurst kniete, vor der fest und braun und stämmig sich zur Brezel ringelnden Wurst, denn deren hohe Substanzhaftigkeit und Festigkeit und Formschönheit – sie waren mir ein sicheres oder doch fast sicheres Zeichen, ja schon Gewähr des Guten, einer im mindesten Falle vorübergehend förderlichen Schmerzentwicklung – ja, ich gesteh's und offenbare es, auch heute morgen erst wieder gab mir der Gelungenheitsvollkommenheitsgrad der schön und aberschön geschwungenen Wurst ja vielerlei Hoffnung auf einen erfreulichen und ausnehmend tauglichen Arbeitstag an der hiesigen Schreibmaschine zum Zeichen der Gnade, meiner jetzt doch wieder zügig zunehmenden Begnadigung und befriedigenden Begradigung, im eindrucksvollen, ja berückenden Ineinander von Geist und Materie als *natura naturans* sowohl als *natura naturata*, insofern, wie keiner so gut wie der nämliche Denker weiß, ja die Materie auch im Geiste wie auch umgekehrt vermutlich lebt. Und also der Ungeist bald und schleunigst schon verschwinden muß!

»Es staunt das Weh«, jawohl, das ist es, wie es der berühmte Opernkomponist am Schluß seines Weihefestspiels richtig und sehr überaus kenntnisreich unterstreicht und ausdrückt, und dies kann ich indessen hier nur aufs neue ja nur fällig unterschreiben. Denn gemeint ist dies andachtsvolle Staunen vor dem je eigenen Schmerz, vor dieser »Wunde, die nie sich schließen will« (a.a.O.), jawohl. Weil »Weh sprich: Vergeh!« sagt zwar und ächzt der persische Philosoph seinerseits zu Recht, und der oberösterreichische Sinfoniker hat es sogar vertont und läßt es von keiner geringeren als Waltraud Meier lauthals singen – allein, was, noch genauer genommen, für ein Unsinn: Warum soll denn das Weh sich selbst vergehen wünschen? Das Weh, mein Gott, verteidigt doch als Schmerz ja auch nur seine höchstselbst eigenen Existenzinteressen, beharrt ja doch bloß auf seiner Existenzsicherung – und eben darum, was heißt das schon, daß die Seele vollrohr im Gehirne sitze. Und dort der Stirne wie von Sinnen Schmerz vorgaukelt. Trau, schau wem, *haha*. Denn: die Politik ist ja das Schicksal (Dr. Hirnwurst). Ich meinerseits bin so frei und feist und dreiste behaupten zu wollen: Wissenschaftlich bewiesen ist weder, Dr. Hirsch hin und Dr. Ibrahim schon ganz besonders her, daß der heutige Mensch eine Seele hat; noch auch umgekehrt, daß zumal der Planet Erde keine hat (Jan Moewes, 1996). Und der Schmerz schon gleich nicht gar. Lies: gar nicht. Und wenn doch, was groß ist schon diese Seele? Und wo hinaus strebt und begehrt sie dann denn wohl? Und: warum zu meinem Heil tut mir jetzt auf einmal auch noch meine linke Wade so verhängnisvoll, so verräterisch ja vollends weh? Weil – *sit venia verbo* – dort ihr, der Seele, wahrer Aufenthalt – und Waschraum ist??

Nein, weder das peinigende Gebein noch die Wade selbst noch der Waschraum ist Aufenthalt oder auch nur Wachstation der Seele noch zumal der mir wachsend aufgebürdeten Schmerzen. »Alles wird dir zum Scherze«, klagt die Sängerin in der volkstümlichen Oper einmal etwas vorwurfsvoll. Und kommt damit der Wahrheit noch wie unbewußt (Dr. Hanswurst) fix nahe: Alles wird mir zum Schmerze – nur zwei Buchstaben hätte sie verhunzen müssen, dann wäre sie mein Mann gewesen.

So aber bilden mein alter Schmerz und ich auch fernerhin das Dreamteam. Denn merke, die Erde, wie abermals der Dichter unkt, ist lediglich das Sackgäßchen in der großen Stadt Gottes (p. 474). Der Herr Schmerz aber wohnt am Ende gleich linkerhand in der altehrwürdigen Stadtmauer. Ich werde ihn ab sogleich »Ödön« nennen. Ja, doch, genau so soll er hinfort heißen.

Und? Wie läßt er sich heute vernehmen, mein Herr Ödön? Pochpochziehbäh, sagt er, pochbumbum. Und? Boingziehplempochbrummbumsvallera. Nun, das läßt sich hören.

Seit 18 Minuten ist seinerseits der Zahnkieferschmerz übrigens wieder verschwunden, ist er – ich habe es fast erwartet, zwar befürchtet – aus dem Zahn sprich meinem Maule ausgefahren und verflogen. Verzogen & verflogen. Um einer gewissen allgemeinen wie soll ich sagen virtuellen Vakanz, ja vielleicht vakualer Leere zügig zu gehorchen. Und derart auch noch die Seele, nicht nur den Leib, in Mitleidenschaft zu zerren ohne Barmen. Schweigt auch – der insgesamtlich allgemeine Schmerz? Ist auch er adhoc allhie verschwunden? Ex und hopp? Leere gähnt erstaunt herauf und schaut mich fraglich an. Na, wo ist dein Stachel, wo dein Schmerz? Wird ihm doch nichts passiert sein. Wo wohl mag er weilen. Hält er sich residual versteckt. Bei 0,3 nur phys. Dol. Birgt er sich im zag sehr Dunkeln. Schattet sein Haupt. Schläft gut und ja rührt sich nimmer. Bleiche blaue Schattenwehen. Ruhe im Sackgäßchen, Kühle in der Kieferzone, heileheilesegen und –

Ah, da ist er ja wieder! Er brummpocht am Gebeine; jetzt an der Schulterachsel. Frisch gemausert wie gebohnert. Pocht bis in die Puppen. Bumm! Herein, wenn's nur kein Schneider ist. Und macht am rechten Hirn herum. Und 4,1 imgleichen wieder phys. Dol, vermute ich.

Ödöns Comeback dünkt mich wohlgelungen. In meinem trauten Leibe schwankt es auf und nieder. Wie es sich gehört. In ebenjenem brummt und summt und sirrt und girrt und gurrt und surrt mein alter Schmerz getrost sowie gefeit schon wie verrückt und wohlfeil voller Huld ja ganz von Sinnen. Bald aber hört es sicher wieder etwas dennoch auf. Damit der Leser seinerseits nicht brumme, hör aber ich derweil ja jetzt schon vorher auf.

Poschiavo-Graz einfach

Wolfgang Hildesheimer durchquert mit seiner Frau im Zuge einer Lesereise die Alpen

Als Wolfgang Hildesheimer zusammen mit seiner Frau um 8.12 Uhr den Eisenbahnzug im graubündnerischen Wahlheimatort Poschiavo bestieg, mit dem Ziel, in Graz beim sogenannten »steirischen herbst« eine Lesung zu bestreiten, zu dieser Stunde hatte das Ehepaar noch keine rechten Vorstellungen von den beachtlichen Mühen und Entbehrungen und vor allem nicht von dem zeitlichen Aufwand, die es sich, einer freundlichen Einladung der österreichischen Veranstalter eher aus Gutwilligkeit nachkommend, damit unversehens aufgeladen hatte. Der Zug, pünktlich aus Sondrio bzw. Tirano heraufkommend, verließ ebenso pünktlich die Bahnstation von Poschiavo und wand sich alsbald eilig die Wolfgang Hildesheimer lang- und wohlbekannten Serpentinenschleifen der zahnradlos adhäsionstechnischen und rätischen Berninabahn hoch zum Berninapaß, passierte den bekannten Skiort Diavolezza und seine kleine und schmucke Bahnstation und gelangte, die spätherbstliche Sonne begann nun schon stärker zu leuchten und kündigte einen schönen warmen Tag an, vorbei an den gewaltigen Bergmassiven der Bernina und des Piz Palü, auf die Minute rechtzeitig in Pontresina an, und zum wiederholten Male freute sich Wolfgang Hildesheimer an dem Gedanken, daß man diesen besonders schönen und vielversprechenden Weg nach Graz gewählt hatte, und nicht etwa die vielleicht naheliegendere, aber weniger aussichtsreiche und vielleicht sogar umständlichere südliche Route über Veltlin und Addatal und später die Linie am südlichen Alpenrand entlang über Mailand und Venedig, und noch einmal, längst behaglich in seinen sogar mit Leder überzogenen Holzsitz zurückgelehnt und die erste Pfeife des Tages anmachend, brachte Hildesheimer dies auch seiner Frau gegenüber zum Ausdruck und sog zufrieden an seiner Pfeife.

Der Zug hatte Pontresina um 11.58 Uhr erreicht, in Pontresina sollte, wie das Ehepaar Hildesheimer wußte, eine einstündige Pause sein, ehe der gleiche Zug nach St. Moritz weiterfuhr; es stellte sich dann allerdings heraus, daß, wegen eines geringfügigen Maschinenschadens, andere Stimmen sprachen von einem Gleisbereichsschaden, der Eisenbahnzug durch einen Bus ersetzt wurde, einen Bus, in welchen die Reisenden, es waren wohl knapp zwanzig, umzusteigen hatten, nachdem, so hieß es, auch eine zuerst ins Auge gefaßte direkte Zugverbindung nach Samedan (gleichsam als der Hypotenuse des kleinen engadinischen Gleisdreiecks) als Alternative eines denkbaren Personenweitertransports fallengelassen worden war, und zwar, wie es hieß, weil sich die in Graubünden arbeitenden italienischen Gleisbauer aus Sympathie dem Generalstreik ihrer heimischen italienischen Kollegen stracks angeschlossen hatten.

Der Bus indessen erreichte, sehr pünktlich um

12.58 Uhr startend, ohne jede weiteren Hindernisse um 13.20 Uhr St. Moritz, wo man sich seitens der Eheleute Hildesheimer nach einer kleinen Kaffeestärkung am Bahnhofsbuffet sogleich in den schon bereitstehenden Glacierexpress begab, der von hier nach Zermatt abging; und der wiederum sehr pünktlich St. Moritz um 13.42 Uhr verließ, um dann, sogar drei Minuten verfrüht, nach zügiger Fahrt um 15.07 Uhr in Chur einzutreffen.

Wolfgang Hildesheimer staunte nicht schlecht. Der Zug war zum Teil wie ein wirklicher Expreßzug die einst so schwierig zu bauende und noch immer fast abenteuerliche Albulapaß-Strecke hinunter ins Rheintal gesaust, und ein paarmal hatte den Schriftsteller sogar der beinahe wohlige und kitzelnde Eindruck überfallen, daß die Bahn dabei, bei der Abfahrt, bei der Überwindung von Höhenunterschied, sich gleichsam um sich selber drehe. Nach dem neuerlichen Umsteigen in Chur, kaum war der Zug ordnungsgemäß um 15.23 Uhr aus dem sehr sonnigen Bahnhof gerollt, überlegte Wolfgang Hildesheimer, bereits die nächste Pfeife entfachend, eindringlich, ob der Splügenpaß, einst eine der meistbefahrenen Grenzhöhen zwischen Norden und Süden, auch heute noch, wie man früher taxiert hatte, einen Tag von Chur entfernt sei – oder aber gewissermaßen durch die neuen Verkehrsmittel durchaus nähergerückt. Etwas verstört kam Hildesheimer nicht gleich auf die Lösung, und, vermutlich wegen der jetzt fast sengenden Nachmittagssonne, verknäulten sich leicht seine Gedanken – indessen, im Bahnhofsbereich von Landquart verlangsamte der Zug sein Tempo dann so, daß Hildesheimer an einem Bahnhofsschuppen das mit Kreide auf rötliches Holz gemalte Wort »Kaspar« zu entdecken und zu entschlüsseln vermochte. Gerade hatte er seine ihm gegenübersitzende Frau auf diese Bagatelle aufmerksam gemacht, schon fuhr der Schnellzug, der sogar als Intercity ausgeschildert war, richtiggehend brausend im Bahnhof von Sargans ein, wo es, zur nicht geringen Überraschung des Ehepaares Hildesheimer, abermals umzusteigen galt – im letzten Moment hatte die Schaffnerin den beiden Reisenden einen entsprechenden Fingerzeig gegeben; die Hildesheimers hatten mit einem weiteren Umsteigen erst in Buchs gerechnet.

Der Zug hatte Sargans auf die Minute pünktlich um 15.50 Uhr erreicht – und schon um 17.10 Uhr ging es dann weiter mit dem Regionalzug nach Buchs, wo man, der Rheinlinie folgend und Liechtenstein und das gut sichtbare Vaduz passierend, wohlbehalten um 17.38 Uhr eintraf. Um 18.05 Uhr verließ man die Grenzstation wieder, jetzt in einem an den Eilzug gekoppelten Kurswagen, welcher aber bereits um 18.12 Uhr bei einem kurzen Halt in Feldkirch an den aus dem nahen Bregenz kommenden und jetzt schon österreichischen Schnellzug nach Innsbruck bzw. Kufstein/Salzburg verkettet wurde.

Wolfgang Hildesheimer, obzwar der Tag beinahe schon zu viel und unverhoffte sommerliche Herbstwärme, ja -hitze mit sich gebracht hatte, fühlte sich recht wohl und fast vergnügt, als der Zug bald danach jenes Tal nach Bludenz hochglitt, dessen in Gegenrichtung verlaufendes helles Gebirgsflüßchen hier in der Nähe wohl irgendwo in den jungen Rhein fließen mochte, um dann wenig später, Hildesheimer nickte gleichsam zustimmend mit dem bärtigen Kopf, als solcher den Bodensee zu erreichen und sich in ihn zu ergießen und diesen, nach seinem, Hildesheimers, Wissen, unterirdisch zu durchqueren, auf daß er dann späterhin über Basel, Köln und Rotterdam oder ähnlich das offene Meer erziele. Wolfgang Hildesheimer wischte sich den zusammen mit der geradezu glühend sinkenden Sonne zuletzt stärker auf Stirn und Hals getretenen Schweiß mit einem von seiner Frau gereichten Taschentuche ab – und überdachte, jetzt sogar ein wenig schwindelig, ob der ihm flüchtig bekannte Bahnhofsvorsteher oder jedenfalls -beamte von Poschiavo nicht etwa doch besser getan hätte, anstatt diese Reise aus langjähriger Fahrplanerfahrung sozusagen von Hand zusammenzustellen, einen dieser neuen oder jedenfalls neuartigen Bahncomputer oder Bahnumsteigecomputer zu befragen, wie er, Hildesheimer, sie jüngst oder jedenfalls vor einiger Zeit anläßlich seines letzten Verlagsbesuches im Frankfurter Bahnhof kennengelernt hatte – Geräte, die ihn, Hildesheimer, nicht nur sehr überzeugt, sondern die ihm sogar richtiggehend gefallen hatten. Allein, der Bahnhof von Poschiavo, bedachte der Schriftsteller, derweil der Zug nicht allzu eilig an einem schon weitgehend eingeschatteten kleinen Tennisplatz linkerhand vorbeizog, – der Bahnhof von Poschiavo hatte dazu, zu dieser Neuerung, wohl einfach kein Geld, immer, sann Hildesheimer bald ein bißchen traurig, waren es ja die städtebaulichen und also kulturellen Peripheriestationen, die da von der Zentrale nolensvolens vernachlässigt wurden, bedachte Hildesheimer schon wieder etwas schläfrig und bestaunte, wie eine große Fliege immerzu das Zugfenster auf- und niederraste oder -zog oder vielmehr besser -glitt, und Hildesheimer, indem er mit sich zurate ging, ob diese Eisenbahnzentrale denn wirklich auch in Bern oder vielmehr in Solothurn – gegebenenfalls auch in Romanshorn, nein, Konstanz kaum – zu

Hause war, spielte erstmals, es war auf der Höhe von Bludenz, mit dem Gedanken, jetzt einfach wieder zurück- und heimzufahren, und er verfluchte sich gleichzeitig, von Sekunde zu Sekunde müder und schläfriger werdend, daß er sich in Buchs nicht schnell noch einen doppelten Espresso eingejagt hatte – indessen, da kam auch schon zu des Schriftstellers kleiner Erlösung und gelinder Überraschung, denn es handelte sich ja hier nur um einen D-Zug, der Imbißmann mit seinem Wägelchen am offenen Coupé vorbei und kredenzte dem dazu in Hitzelast spielerisch die Backen aufblasenden und wie erledigt Luft ausstoßenden Hildesheimer zu seiner Lust sogar einen doppelten Braunen; indessen des Autors Frau, die da jetzt auch noch etwas verspätet das Abteilfenster zur Hälfte öffnete, mit einem kleinen Tässchen vorlieb nahm.

Frischluft strömte kühlend durchs Fenster, schon am Arlbergtunnel, es hatte längst sich Dunkelheit übers Land gelegt, war Hildesheimer wieder hellwach geworden, und bei Landeck meinte der Schriftsteller jetzt sogar jenen wieder zur Bahnstrecke getretenen Innfluß blinkend im jungen Mondlicht wahrzunehmen, welchen die Reisenden ja heute schon gegen Mittag hoch oben noch im Engadin einmal gekreuzt und überquert hatten. Hildesheimer nickte billigend. Aus dem Gedächtnis bedachte er, daß der schnelle und helle Fluß in der Zwischenzeit eigentlich kaum mehr als, konnte man den Atlanten trauen, 40 Kilometer in vielleicht überschlägig drei Stunden zurückgelegt haben könne; sofern man eine mittlere Fluß- bzw. Strömgeschwindigkeit von vielleicht 35 – oder 40? 42? – Stundenkilometer anberaumte und zugrundelegte oder jedenfalls veranschlagte, indessen er, der Zugreisende Hildesheimer, sozusagen zur gleichen Zeit schon sozusagen neun Stunden und mehr unterwegs war, da hätte man ja auch gleich mit dem Schlauchboot herfahren können – doch schon zog der Zug am Zitherzentrum Imst vorbei und traf, das Flußtal war jetzt breiter und ganz flach geworden, um 20.10 Uhr in Innsbruck ein, mit der kleinen ja so österreichtypischen Verspätung; eigentlich hätte er schon um 20.01 Uhr die Landeshauptstadt erreichen müssen.

Etwas müßig die volle Stunde bis zur Weiterfahrt mit einem kleinen Pils und zugleich einem diesmal nur kleinen braunen Kaffee auffüllend und dazu sogar eine allerdings leidig zerlaufende Käsesemmel kauend, überdachte Hildesheimer – und zog dabei auch zeitweise seine Frau zurate –, ob es nicht am Ende vielleicht doch sinnvoller wäre, den Anweisungen des Beamten in Poschiavo zuwider hier in Innsbruck zu nächtigen, – man kam aber sodann doch rasch zu dem Beschluß, besser nicht von der amtlich vorbestimmten und wohlausgeklügelten Route abzuweichen, um unter keinen Umständen irgendwelche zusätzlichen Verzögerungen oder gar Unberechenbarkeiten unnötig zu riskieren, und so bestieg man denn, bereits seit 20.35 Uhr auf dem Perron wartend, mehr als rechtzeitig den hübsch bläulichen Triebwagen-Nahverkehrszug zum Brenner, um mit ihm auf die Sekunde genau um 21.11 Uhr den Innsbrucker Bahnhof zu verlassen.

Der Zug erreichte den Brennerpaß um 22.30 Uhr, und tatsächlich hatte es dort um Punkt 23.00 Uhr zur heimlichen Überraschung Hildesheimers auch noch den eingeplanten Anschlußzug südwärts, einen Eilzug, welcher allerdings nicht, wie von den Eheleuten Hildesheimer erhofft und vorgesehen, am Bahnknoten- und

Umsteigepunkt Franzensfeste hielt – die Italiener, der Schriftsteller erinnerte es, nannten dieses Dorf, in dem man eigentlich aussteigen und übernachten hatte wollen, seit 1918 etwas irredentahaft oder jedenfalls irrtümlich »Fortezza« –; allein, der jetzt auch schon italienische Schaffner tröstete das kurzfristig davon recht irritierte Ehepaar mit dem Hinweis, in Fortezza habe es ja ohnehin kaum Beherbergungsmöglichkeiten, jedenfalls nicht in Bahnhofsnähe und um diese Zeit und unangemeldet, – da sei es dann sowieso besser, gleich ins sehr nahe Brixen weiterzumachen, dort ende dann ohnedies der Zug ja auch für heute.

W. Hildesheimer, im Einvernehmen mit seiner Frau, sah die Sache ein, zahlte einen kleinen Aufpreis Franzensfeste-Brixen zum Eisenbahn-Gesamtticket – die Frau wurde sogar, etwas unbegreiflich, zum halben Aufpreis spediert. Um 0.08 Uhr erreichten die Eheleute auch schon den Bahnhof von Brixen, wo man, ohne einen weiteren Blick in die seitens Wolfgang Hildesheimer geschätzte Stadt sich zu gönnen, im Hotel gegenüber so glücklich wie verblüffend umstandslos sich einzulogieren vermochte. Kurzzeitig dünkte es Hildesheimer gar so, die ältliche Concierge an der Hotelrezeption kenne und erkenne ihn, Hildesheimer, oder immerhin seinen Namen, vom Radio oder sogar vom Fernsehen her; das erwies sich in der Folge allerdings rasch als Täuschung und als gleich mehrfaches Mißverständnis. Die Frau hatte wohl nur einen beim Fernsehen beschäftigten Bruder im deutschen Hildesheim.

Nach einer insgesamt recht erträglich verbrachten Nacht stand das Ehepaar Hildesheimer bereits um 7.25 Uhr wieder auf dem noch morgenkühlen Bahnsteig und bestieg guten Mutes den für italienische Verhältnisse geradezu frappant pünktlich um 7.41 Uhr aus Bozen anlangenden Lokalzug Richtung Norden. Schon hatte es sich Hildesheimer in seinem wiederum wie altmodisch gepolsterten Sitz bequem gemacht, blinzelte froh in den von ihm selbst entfachten Tabakrauch und glaubte gleich darauf einen wohl knapp zweitausend Meter hohen Berg linkerhand irgendwie wiederzuerkennen, vielleicht sogar von einem lang zurückliegenden Skiurlaub her, an welchen der Schriftsteller sich freilich gleichzeitig nicht zu erinnern vermochte, – und bereits um 7.59 Uhr erreichte man jetzt nochmals bzw. endgültig die Station Franzensfeste. Um 9.30 Uhr sollte von dort der Fernschnellzug nach Osten ins Pustertal und weiter abgehen – indes, das Ehepaar Hildesheimer, vielleicht getäuscht durch eine recht unklare bzw. verwehte Lautsprecherdurchsage, verstieg sich jetzt in den fatalerweise um die akkurat gleiche Zeit abdampfenden Personenzug nordwärts nach Innsbruck – bereits auf der Höhe von Gossensaß bemerkte man fast in der gleichen Sekunde den Mißgriff, mußte aber noch bis zum Brenner weiter mitreisen, wo man sodann um 10.30 Uhr eintraf und das fast schon unwahrscheinliche Glück hatte, bereits um 10.34 Uhr wieder retour fahren zu können – der rasch begreifende blutjunge Schaffner erließ dem Ehepaar sogar die rechtens und eigentlich abermals fällige geringe Nachzahlung. Gelöst, fast wie erlöst machte es sich Wolfgang Hildesheimer an seinem Fensterplatz, jetzt auf der anderen Seite, behaglich, stopfte ein neuerliches Pfeifchen und überlegte, wie der stark sprühende und sprudelnde Fluß da unter ihm wohl heißen mochte. War das schon die berühmte Etsch? Keine zehn Minuten später bereits fiel es dem Schriftsteller wieder ein: die Eisack. Vielmehr: der Eisack? Gleichviel, die vermutlich eiskalte Gischt des Flusses hätte er, Hildesheimer, sich nun gern übergesprüht, denn ordentlich warm, ja heiß war es mittlerweile schon wieder geworden. Hildesheimer paffte und wunderte sich dann nicht wenig über eine Kirche, die er gerade noch vom Zug aus zur Linken gesehen hatte, die jedoch nun plötzlich rechts wieder auftauchte. Genug, bereits um 11.12 Uhr war man erneut in Franzensfeste, in jenem Fortezza, das Hildesheimer in einem Anflug früher Ermüdung, ja Erschöpfung, in welche sich sogar ein Maß Wehmut träufelnd mischte, heute weniger als eine Festung denn als ein Nadelöhr oder jedenfalls als eine siebenköpfige Hydra oder ähnlich erscheinen wollte – allein, bei der jetzt abermals stark schon hochkommenden Spätherbsthitze war für solcherlei Gedanken ja fast keine Zeit, denn bereits um 14.10 Uhr verließ der Zug, jetzt ein beschleunigter Regionalzug, die Station Franzensfeste, um gleich darauf wegen einer Baustelle oder jedenfalls einer schadhaften Trasse oder vielleicht auch Terrasse sich minutenlang zu verzögern, sodann aber endlich Richtung Osten geradewegs und zügig ins behaglich breite Pustertal hinauszurollen. Wolfgang Hildesheimer atmete auf und durch. Ohne weiteren Umsteigezwang konnte man jetzt, so verhieß der in Fortezza an einer Art Behilfsschalter ausgestellte Plan, der jenen in Poschiavo erarbeiteten überholte und aktualisierte, bis zur Endstation Villach sitzenbleiben. Der reisende Hildesheimer, nochmals und tief durchatmend, kratzte sich am Nasenbein, überlegte, ob er sich einen Apfel schälen sollte, setzte aber dann doch lieber wieder eine Pfeife rasch in Glut.

Ein Sonnenstrahl traf Hildesheimer von vorne links, wahrscheinlich und der Tageszeit nach zu schließen von Süden. Der Schriftsteller überlegte eine Weile, ob in Vermeers Spitzenklöpplerinnenbild das Licht tatsächlich, so wie von ihm einst gemutmaßt, von rechts und nicht, wie üblich, gleichzeitig auch von links komme. Nachdenklicher sog Hildesheimer an seinem lang angestammten Pfeifchen. Wie lange besaß er das Pfeifchen eigentlich schon? Seit seiner Übersiedlung nach Poschiavo? Oder war es des Verlegers großzügiges, ja formidables Geschenk für seine so sehr erfolgreichen Lieblosen Legenden gewesen? Wie auch immer, jedenfalls ohne anzuhalten, aber, wie der Schriftsteller genau ersah, schnurgerade um 15 Uhr passierte der etwas ältliche Zug die Station Bruneck, und nicht zum erstenmal überlegte Hildesheimer, an der Stirn und an den Schläfen ein bißchen angefeuchtet, ob er nicht doch besser seine Frau danach fragen solle, ob zu Hause denn auch wirklich alles gut abgesperrt sei. Dann unterließ er es aber lieber, stopfte sich erneut die treue Pfeife und sah, den Blick der Frau fest meidend, lange und möglichst stillvergnügt ins Land hinaus.

Seltsamerweise ebenfalls ohne anzuhalten, passierte man kurz nach 15.30 Uhr die doch eigentlich recht bedeutende Stadt Toblach; erst in Innichen wurde ein Halt von gut zehn Minuten eingelegt; und kurz nach dem baldigen Verlassen des Bahnhofterrains kam es wegen eines unerwartet auf Stop gestellten Signals noch einmal zu einer Verzögerung von circa sieben Minuten. Während seine, Hildesheimers, Frau, vermutlich bezwungen von der Sonnenwärme, augenscheinlich in eine Art Halbschlaf versunken, ja offenbar richtig verfallen war, verspürte ihr gegenüber sitzender Mann immer deutlicher, ja unwiderstehlicher, daß ihm die dichte Folge von Pilsbier und Espresso am Bahnhofsbuffet von Fortezza, obschon Stunden zurückliegend, gar nicht gut getan hatte. Erneut und um sich abzulenken ging W. Hildesheimer mit sich zurate, ob man dem Mythos aufs Wort oder gewissermaßen nur im höheren Sinne glauben dürfe. Oder besser gar nicht. Und auch den Frauen nicht. Leis vor sich hinsummend überlegte der Schriftsteller, ob Sehnsucht, so wie er es einst irgendwo geschrieben, wirklich rückwärtsgewandte Neugier sei. Und wenn schon. Und wenn, was dann schon. Hildesheimer seufzte jäh. Er erwog jetzt ernsthaft, an der nächsten Haltestelle einfach auszusteigen und mit dem nächstbesten Zug retour zu fahren, ggf. unter Hintanlassung seiner schlummernden Frau. Nein, die sollte er besser nicht wecken. Es wäre gar zu herzlos. Falls sie aber unverhofft von selbst erwachte, rechtzeitig erwachte, nun, dann zurückzufahren eben auch mit ihr. Notfalls. Falls sie keine Scherereien machte.

Mit dem Ruck, mit dem bzw. im Zuge dessen der Zug in Lienz um 16.42 Uhr zum Stillstand kam, kam Hildesheimers Frau auch zum Erwachen. Nachdem hier, wie versichert wurde, eine kleine Pause von circa zwölf Minuten statthaben sollte, versorgte sich das Ehepaar kurzentschlossen beim ambulanten Bahnhofskioskmann mit einer Flasche Almdudlerlimo sowie einer Literflasche weißen Veltliner-Weins – beides wurde durch das Fenster raschest ins Abteil gereicht. Wolfgang Hildesheimer, schon von solchen Versprechungen wie erfrischt, gewann bereits vor dem Wiederanfahren des Zuges erneut stark an Zuversicht und ließ sich auch nicht aus dem Konzept bringen, als beinahe gleichzeitig seitens des jetzt amtierenden neuen Schaffners zu hören war, keineswegs ja gehe dieser Zug direkt bis Villach durch, sondern befremdlich genug in Spittal am Millstätter See gelte es dann bald abermals umzusteigen, überaus günstig freilich, mit nur vier Minuten Wartezeit und Säumnis. Der Zug hatte noch nicht ganz den schmucken schönbesonnten Bahnhof von Lienz verlassen, da öffnete, indessen seine Frau dem Limo zusprach, Wolfgang Hildesheimer die Veltliner-Flasche, schloß die Augen und tat sich mit drei, vier äußerst kräftigen Schlucken gütlich. Schon glaubte er, direkt hinterm Turm der entschwindenden Lienzer Stadtpfarrkirche, die weltberühmten Drei Zinnen gut erkenntlich auszumachen.

Der Zug raste dahin. Zur rechten Hand ein Fluß, ein sprudelnder Gebirgsfluß im leicht sich öffnenden Tale. Etwas verschämt sah Hildesheimer über seine Frau hinweg, sie hatte wiederum die Augen geschlossen, wenn auch vielleicht ja nicht so vollständig. Der wohl dem guten Weine sich dankenden Wohligkeit in seinem Inneren ungeachtet, überfiel den Reisenden kurzzeitig der Verdacht, ja das untrügliche Gefühl, daß seine Mozartbiographie, seine inzwischen weltbekannte Mozartbiographie, noch gar nicht fertig und auch nicht abgeliefert sei. Erst nach ungefähr einer halben Minute war sich Hildesheimer wieder doch recht sicher, daß die ja längstens abgeliefert, ausgeliefert und wahrscheinlich auch schon lang gedruckt war. Sowie ein hochverdienter Welterfolg. Hildesheimer seufzte, stöhnte eine Idee zu theatralisch. Recht verbummelt fühlte er sich erneut und verzichtete deshalb sogar darauf, sich jetzt ein Pfeifchen zu stopfen. Bald danach, jetzt wieder ein bißchen schläfrig im Kopf, erwog der Dichter abermals und minutenlang, wie es wohl wäre, jetzt auszusteigen, umzukehren und einfach wieder zurückzufahren. Zurückzubrausen – zurückzubrummen. Zurückzubrummen, daß es wahrlich eine Art hatte. Wie der dicke dumme Brummer, der nun schon seit Lienz so ununterbrochen wie vergeblich, ja vergeblichkeitsergeben wider das Zugglasfenster da brummte. Töricht, aber freiheitstrunken. Zurückzubrausen und zurückzubrummen, ließ sich W. Hildesheimer weiterhin die beiden Worte auf der Zunge fast zergehen, ja vergehen. Und den Veranstaltern nicht einmal Bescheid zu sagen, vielleicht fiele es ja gar nicht auf, vielleicht ginge es ja auch unentdeckt schon durch. Hildesheimer seufzte zwiefach auf. Er verspürte Lust auf eine Nudelspeise. Und dazu auf einen Grappa, einen doppelten, ja wahrlich doppelstöckigen. Schon fuhr der Zug in Spittal ein. 17.50 Uhr hieß die Uhr.

Leider war weder für Nudeln in der Bahnhofsgaststätte noch auch nur für ein Erfrischungsgetränk ausreichend Zeit, am Bahnsteig gegenüber wartete nämlich bereits der Anschlußzug nach Villach, der auch mit lediglich zwei Minuten Verspätung um 17.56 Uhr schon startete. Es handelte sich um einen schön ausstaffierten Eurocity »Blauer Enzian«, welcher aber seltsamerweise aus Dortmund kam, wo er, wie das Fahrplan-Broschürchen aufzeigte, um 7.11 Uhr seine Reise angetreten hatte. Es wunderte sich Wolfgang Hildesheimer ein nicht geringes, daß dieser Zug im Zuge seiner südöstlichen Route heute dabei auch schon Städte wie Koblenz, Heidelberg, Ulm und Badgastein gestreift, nein, praktisch mitgenommen hatte – schon kurz nach Spittal beschlich den davon leicht Erregten und zugleich neuerlich Erschöpften der vorübergehend unabweisbare Verdacht, daß man zu Hause vermutlich, ja wahrscheinlich doch die Katze zu füttern vergessen hatte, vorgestern, – ehe dann morgen, das heißt gestern, die Nachbarin die Verantwortung übernehmen wollte. Aber dafür war es denn dann heute ohnehin zu spät, da war, wenn vorgestern etwan etwas schiefgelaufen war, heute ohnehin nicht mehr daran zu rütteln, und so hütete Hildesheimer sich denn wohlweislich, seiner Frau von dem Verdachte unbedachte Mitteilung zu machen. Im Vergleich zum Fahrplanheftchen nur um eine einzige Minute verspätet, rollte der Zug um 18.38 Uhr im Bahnhof Villach ein.

Eigentlich hatte, nachdem der ursprüngliche und in Poschiavo erstellte Fahrplan doch ziemlich durcheinander und nämlich um eine offenbar letztlich bloß einzige, inzwischen allerdings uneinholbare Stunde in Verzug geraten war, das Ehepaar sich noch im Zugabteil die Absicht bestätigt und versichert, hier nun denn in der Stadt Villach die Nacht auch zu verbringen – nach Auskunft des älteren EC-Schaffners und dann in Villach auch eines weiteren uniformierten Bahnbeamten sollte freilich nun schon um 18.58 Uhr direkt ein Nachtzug tatsächlich direktest nach Graz weiterführen – in ihrer Verblüffung und in der Eile verirrten sich die Hildesheimers nun aber auf den verkehrten Bahnsteig und stiegen allzu eilig in den dort bereitgestellten Nachtzug Wien-Klagenfurt-Villach-Tarvisio-Venedig ein – erst im wahrlich letzten Augenblick, der Schaffner bzw. Fahrdienstleiter oder bzw. jedenfalls Bahnhofsdirektor hatte ja schon seine rote Kelle gehoben und im gleichen Moment den Abfahrtspfiff erteilt, machte ein recht afrikanisch aussehender Mitreisender das Ehepaar auf das tückische Versehen aufmerksam, wirklich im allerspätesten

Stadium entsprang man dem gewiß ja schon in den nächsten Sekunden anrollenden Zug, der Kellenmann stoppte scheint's den eigentlich bereits erfolgten Start und pfiff dann, kaum standen die Hildesheimers wieder fest auf dem Bahnsteig und waren zusammen mit ihren beiden großen Koffern einigermaßen in Sicherheit, den Zug noch einmal und jetzt endgültig und unverrückbar an. Reichlich atemlos fiel es da Wolfgang Hildesheimer wieder ein: Aber nein, man hatte ja Frl. Ivanka wegen der Katzenfütterung extra bedeutet, sie solle bereits morgen nachmittag, also noch vorgestern, praktisch heute, vorbeikommen, und ihr auch den Schlüssel da schon ausgehändigt!

Schwer schnaufend fühlte Wolfgang Hildesheimer einen mächtigen Stein von seiner Seele gleiten.

Zwar wollte gleich darauf ein wohl allzu übereifriger und offenbar slowenischer Rentner den Hildesheimers mitten in der rauchverhangenen Bahnhofshalle noch weismachen, es fahre heute tatsächlich um 23.08 Uhr außerfahrplanmäßig noch ein zum Personenzug erweiterter Güterzug nach Richtung Graz und Jugoslawien weiter, soeben sei die Bestätigung durchgekommen – der alte Mann deutete mit den beiden Armen zu der sogar mit einem modernen und symbolischen Fresco versehenen Bahnhofshallendecke und meinte wohl den dort haftenden Lautsprecher –, allein, das nun doch recht erschöpfte, ja erledigte Ehepaar zog es nach kurzer Güterabwägung dann schließlich doch vor, im bahnhofsnahen »Centralhotel Kärnten« zur Nachtruhe sich zu begeben.

Der Regionalzug Villach-Velden (Wörther See), abgehend um 10.14 Uhr, sah Wolfgang Hildesheimer und seine Frau frisch gestärkt, ja nach einem kleinen morgendlichen Stadtbummel sogar schon wieder leicht ermüdet. Es war ein ganz neuer, moderner, mit schönen blaugelbkarierten Stoffsitzen ausgestatteter Kurzzug, der die Reisenden vorwärts und weiter und erkennbar ein Stück weit in den Osten brachte, und noch, die Sonne stand schon steil und wiederum recht glutvoll auch am Himmel, beim unerläßlichen Stopfen der ersten Morgenpfeife roch Wolfgang Hildesheimer wie berauscht am köstlichen Aroma des in der Tat nicht ganz billigen Tabaks – noch ohne Arg eintreffend in Velden wurde man jedoch bereits hier mit der leidigen Erfahrung konfrontiert, daß der eigentlich vorgesehene Schnellzug nach Klagenfurt möglicherweise durch ein Mißgeschick bzw. genauer einen Fahrplanorganisationsfehler gerade vor einer Minute abgefahren war. Mit großer Festigkeit sog W. Hildesheimer sofort heftiger an seiner treuen Pfeife, aber schon um 11.15 Uhr sollte der nächste Zug gehen, ein Eilzug, der sogar zügiger und schneller, so hieß es, sein sollte als der ins Garn gegangene bzw. – Hildesheimer verbesserte sich rasch lächelnd – der in die Maschen gegangene. Schon startete der Zug und stieß scharf Dampf aus seinem Lokschlot.

Am Ufer des heute sehr pastellblauen Wörther See ging es jetzt so gemächlich wie doch emsig und ohne Halt dahin. Gleichwohl etwas aufgedröselt, erwog Wolfgang Hildesheimer, ob ein erster Schluck aus der noch halbvollen Veltlinerflasche angezeigt sein möchte, er verzichtete aber dann darauf, vornehmlich im Hinblick und mit Rücksicht auf seine Frau, die da visavis ja schon gelassen eine Birne entschälte und sogar auch noch geruhsam entkernte. W. Hildesheimer summte leichthin: »Ich weiß am Wörther See ein kleines Strandcafé«, war das von Mozart? Brahms? Ralf Benatzky? Emil Bendix? Ja, doch, Brahms bzw. Gustav Mahler oder vielmehr sogar Arnulf Schönberg hatte sehr viel am Wörther See gelebt, aber – hieß es nicht sogar vielmehr: »Du bist die Rose vom Wörther See«? Und weiter: »Dulidulidulióööh«? Dem Schriftsteller schwand schon wieder ein bißchen der sonst so verläßliche Lebensmut, ein ums andere Mal saugte und sog er bald an seiner Pfeife. »Du bist die schönste Fee«, summte, um sich etwas abzulenken, Hildesheimer und seufzte schwerer, »von Wörther See bis Plattensee«. Da ward ihm davon so schlecht, daß er sofort und fast mutwillig KV 388, eins seiner Lieblingsstücke, zu summen fix begann. Als auch das nicht weiter half und, sei's deshalb, sei's wegen der nochmals machtvoll zulegenden Sonne, seine Begleiterin, die Frau, gleichzeitig ganz ausgeglichen schien und unbeeindruckt, versuchte Hildesheimer das nächtige c-moll-Allegro sogar leichthin zu pfeifen – in Richtung auf den See hinaus. Sobald die ersten Schweißtropfen auf des Autors Stirne sickerten, hielt der Zug plötzlich direkt am Ufer des Sees und auf gänzlich freier Strecke an, und es ging nun offenbar gar nicht mehr weiter. Hildesheimer vermeinte hinlänglich Bauch- oder auch Magengrimmen und vielleicht auch noch einen mäßigen Weinkater zu verspüren, und er versuchte sich also durch einen verstohlenen Blick aus dem Fenster einigermaßen der Lage zu vergewissern. Noch immer stand man breit und wie kurzerhand ausschlafend mitten in oder vielmehr an der Mittagsruhe des Wörther See, und auch der Schaffner, von einem unruhigen Mitreisenden befragt, wußte sich da keinen Rat. Kurze Zeit später wurde dem Personal, Fahrer und Schaffner, wohl die vermutete Ursache telegrafisch durchgegeben – der Schaffner deutete verschleiert an, eine Bombendrohung kroatischer Faschisten einerseits, ein durch ein Gleisreparaturersatzfahrzeug im nächsten Dorf entstandener Weichendefekt andererseits sei oder seien schuld. Wolfgang Hildesheimer besah bestürzt den jetzt bereits kornblumen- ja stockblauen Wörther See. Er meinte bald sich zu erinnern, daß der Fluß, der durch den See ziehe und seines Wissens dann bei Klagenfurt als Fluß solo weitermache, die Sau wohl sei. Die Drau? Nein, schon die Sau. Der Schriftsteller suchte Linderung in dem Gedanken, trotz alledem sei oder bzw. wäre mit dem ja nicht mehr gar zu fernen Klagenfurt dann ja auch Graz praktisch schon bald erreicht und auch erklommen. Jawohl. Genau. Auf einmal fuhr der Zug mit einem Rucker wieder an, gleichsam gutmütig wieder an, stockte aber schon nach knapp hundert Metern neuerlich und kam dann endgültig zum Erlöschen – Hildesheimer korrigierte sich sehr eilig: zum Erliegen und zur Ruhe.

Noch immer stand man still am Ufer des Wörther See. Beim abermaligen Anblick des jetzt grünlichblauen Wassers wurde Hildesheimer wieder ein bißchen schlecht und er mied also den Blick der Frau. Hildesheimer schloß deshalb gleichzeitig beide Augen, stöhnte leise bessernd: »Du bist die schönste Fee von Debrecen bis Wörthersee ...« Eine Art knisterndes Kopfweh meldete sich, aber das verging schon wieder. Ein Pfiff ertönte, dann ein zweiter, langer. Doch weiter nichts geschah. Kurzzeitig erwog Hildesheimer den Gedanken, den Rest der Strecke dann eben mit dem Taxi zurückzulegen. Ihm bangte schwer und schwerer. »Wo die Wörther See-Wellen trecken an den Strand«, sang sehr lautlos Hildesheimer, mit Blick auf den immer knallblauer gleißenden

See. Knallblau gleißenderen See? Auch gut, alles gut. Alles gut, what endet gut. Stark sengte Sonne überm See. Zwei Segelboote ließen in einiger Entfernung sich sehen und erschauen. Schwerer seufzte Hildesheimer. Doch da war noch ein zweiter Seufzer dabei gewesen. Wahrscheinlich der der Frau. Seines Freunds W. Jens? Nein, es mußte schon diese seine angetraute sowie ihm seit Tagen gegenübersitzende Frau gewesen sein. Diese Frau, sie tröstete den Schriftsteller nicht wenig. Spendete gar viel Trost. Bzw. schon recht wenig. Kaum war es ihr vergönnt, ihn, Hildesheimer, zu befriedigen. Schwerlich auch nur zu befrieden. Diese Frau, die aber offenbar zu ihm gehörte. Hildesheimer bedachte, wie es wäre, wenn er sie in einem unbeobachteten oder jedenfalls unbewachten Moment einfach aus dem Fenster hinaus katapultierte. Mit einem Ruck und Zuck. Dann wäre die wenigstens weg. Dann wäre wenigstens das erledigt. Der Dichter seufzte abermals. Wolfg. Hildesheimer überlegte, ob es vielleicht doch via Salzburg rascher, ja fast eilender vorangegangen wäre. Bzw. mit der Kutsche. W. Hildesheimer seufzte auf zum dritten. Und verspürte einen kleinen Herzstich rechts in seiner Brust. Nach einer Nudel-, nach einer leckeren Nudelspeise sehnte er sich zum andernmal, diesmal weniger Spaghetti, sondern vielmehr Ravioli. Oder Rigatoni. Oder eben einen großen Fisch. Riesengroßen Brathuhnfisch. Hildesheimer fühlte sich etwas beengt oder immerhin verzagt. Und noch mehr verrucht. Oder wenigstens verroht. Verratzt? Verraten. Als wie wenn er doch besser gleich kapitulierte. Mit sich zurate ging Wo. Hildesheimer, ob es hier im oder am Zug wohl irgend Gelegenheit gäbe, seinen Frankfurter Verleger anzurufen, den machtvollen Verleger Unseld. Jenen starken Mann, so noch immer jeden seiner Hausautoren mit kraftstrotzender Hand aus dem Gröbsten, aus dem Unheil befreit, aus dem unseligen Schlamassel gerissen hatte. Siegfried Unseld, der Protektor. Der Erhabene. Daß der ihn hier heraushaute. Allein, es fehlte ja doch hier an allem, am Telefon wie an der Nummer. Und an Schillingen auch freilich. W. Hildesheimer schloß die Augen. Sah eigenartig bunte, schrille Muster in den Augen. Da –

– plötzlich ging da ein Ruck durch das gesamte Wagengefüge. Der Zug, der nach Hildesheimers Schätzung gut und gern drei oder fünf Stunden gestanden und geharrt hatte, wie von ungefähr fuhr er wieder an. Und rollte auch schon bald eindeutig voran, den See entlang, stetig und ständig, gleichsam wiedererstarkt und von der Sonne weg schnurgrad nach Osten. Hildesheimer von Weh wie gleichwohl Glück stark übersät, verengte die Augen zum schmalen Schlitz. Rechterhand sah der Dichter jetzt die Karawanken wanken, sie schwankten und sie wankten. Nach Herrn Hildesheimers Eindruck fuhr der Zug jetzt schon wie der Teufel. Es wunderte und staunte W. Hildesheimer sich gleichzeitig und schon wieder leichtlich oder doch immerhin leidlich lächelnd, wie hier alles noch bzw. schon so grün war. In gewisser Weise ja auch gelb. Fast bald ja schon braun. Der Zug, er flog nur so dahin. Nicht zum erstenmal fragte sich Wolfgang Hildesheimer, eine neue Pfeife entfackelnd und behutsam zum Fenster hinausäugend und schon wiederum ein bißchen verzagend, ob das denn stimme, was er selbst vermutlich einst geschrieben und zum Druck befördert hatte: daß der Künstler wirklich und wahrhaftig auf unserer Seele spiele. Wer aber spielte dann auf der Seele wohl des Künstlers? Das war die große Frage.

An der Uhr eines durchrasten Dorfbahnhofs erkannte W. Hildesheimer klar, daß es verblüffenderweise erst 16.18 Uhr war, und da endlich, die Sonne begann schon hinzuschwinden, verdrängte der Schriftsteller endgültig auch den in den letzten Minuten doch wieder eindringlich als Versuchung vorstellig gewordenen und angeschwollenen Gedanken, vielleicht dennoch besser wieder umzukehren. Irgendwie nach Hause zu gelangen. Hildesheimer unterließ jetzt auch den vorübergehend still ins Auge gefaßten Schluck aus der Weinflasche. Indem er wachsam aus dem Fenster des Zuges äugte, glitt dieser Zug auch zügig vorwärts.

Für eine winzige Weile hielt und verhielt der Genannte dann nochmals an einer Station unmittelbar am Seeufer, eine Station, die Hildesheimer als Mariaschnee oder ähnlich doch be- oder jedenfalls entzifferte – ehe er gleich darauf um 16.48 Uhr mit verblüffend hohem Tempo in den Klagenfurter Bahnhof glitt.

Dort hatte man, den Reisenden entgegenzukommen und sie für das erlittene Ungemach leidlich zu entschädigen, tatsächlich einen richtigen Sonderzug nach Graz eingerichtet, möglicherweise wegen der Festigung der internationalen guten Beziehungen, nachdem offenkundig auch allerlei Reisende aus Italien und zugleich aber Laibach je auf ihrer Strecke hängengeblieben waren, wie da und dort zu hören war, – und bereits um 19.03 Uhr verließ dieser mit lautem, ja übermütigem Pfiff den Klagenfurter Bahnhof, passierte schon wenig später St. Veit und erreichte bäldlich Unzmarkt, wo sich wegen eines Lokomotivwechsels eine allerdings praktisch unbeachtliche Verzögerung von zwanzig Minuten ergab. Schon aber fuhr und dampfte die neue und kurzfristig aus dem scheint's recht nahen Ausbesserungswerk von Mürzzuschlag herantransportierte Maschine wieder an, der Zug passierte ohne weiteres Leoben, Bruck an der Mur flog gleich darauf vorbei, es ging in eine weitausschwingende Kurve, und auf einmal glaubte Wolfgang Hildesheimer im neblig wie verstreut schimmernden Mondlicht und in etlicher Entfernung die Konturen schon des Matterhorns zu ersehen. Der Kopf tat dem Reisenden wieder etwas weh, vor allem hinten rechts – die Stationsuhr des scharf durchbrausten Orts Edelschrott zeigte 21.35 Uhr, zu Hildesheimers basser Erstaunnis, der Schriftsteller glaubte sich längst weit über 22 Uhr – Hildesheimer ergriff kurzentschlossen das im Abteil herumliegende österreichische Zugbegleiterjournal »Via« und las darin noch rasch einen interessanten Artikel von Ro Raftl über Kitty Kino – schon aber gelangte durch den Lautsprecher die Durch- und Zusage, man nähere sich jetzt schleunigst Graz – und gleich darauf, keine zwölf Minuten später, trafen die Hildesheimers auch schon wohlbehalten in der Steirer Landeshauptstadt ein.

Ein Taxi oder vielmehr Callcar spedierte das Ehepaar unverzüglich ins nahgelegene Hotel »Alpenrose« am Murfluß, wo einige der Schriftstellerkollegen bereits eingetroffen und an zwei Nebenzimmertischen froh versammelt waren.

Am anderen Tag vertrieben sich die Hildesheimers die Zeit mit mancherlei Stadtbesichtigung, ehe der Schriftsteller dann am späten Nachmittag im Forum Stadtpark und in reichlich unruhiger, ja nervöser und sogar etwas lärmiger Atmosphäre einer etwa sechzigköpfigen Zuhörerschaft gut zwölf Minuten lang aus seinem neuen, unlängst erst erschienenen Romane vorlas.

Zu ihrem Glück hatten die Hildesheimers ihre Eisenbahnroute nur einfach gebucht, so daß es am wiederum nächsten Tag unter Umgehung praktisch sogar der meist ja etwas unbeweglichen Bahnhofsbürokratie nicht allzu schwer fiel, direkt über das Sekretariat des »steirischen herbst«/Forum Stadtpark eine südliche Route zu erfragen und auszutüfteln, über Klagenfurt–Tarvisio–Venedig–Mailand–Como–Sondrio. So neu instruiert, trat am übernächsten Tag in aller Herrgottsfrühe das Ehepaar Hildesheimer die Rückreise an und gelangte derart schon am späten Abend wieder heim.

Willi Winkler

Alle meine Deutschen

Ein Bestiarium

Was und wie ist er nun eigentlich, der Deutsche? Eine Untersuchung muß her, eine Abhandlung über den deutschen Typus an und für sich, über sein So-und-nicht-anders-sein. Diese dringend benötigte deutsche Typologie liefert Willi Winkler mit seinem Buch, in dem er noch die verborgensten Höhen und Niederungen unseres Deutschseins erschließt. Der Deutsche, meint Willi Winkler, ist ein dumpfer Stiesel und lehrerhafter Nörgler, doch weltgewandt ist er auch, Kenner aller internationalen Probleme und Schwierigkeiten, Spezialist für finanzpolitische wie für kulinarische Fragen, ist Berufsmasochist, aber zugleich großmannssüchtig und stinkend faul, liegt den lieben langen Tag in der sozialen Hängematte und verbummelt das Volksvermögen im kollektiven Freizeitpark. Der Deutsche, könnte man sagen, ist wie alle anderen auch. Oder doch fast.

Es treten auf: Gerhard Schröder, Helmut Kohl, Wolf Biermann, Mario Basler, Peter Gauweiler, Uschi Glas, Antje Vollmer und viele, viele mehr.

200 Seiten, gebunden, mit Zeichnungen von
Achim Greser und Heribert Lenz,
ISBN 3-8286-0038-7

Wolfgang Büscher

Drei Stunden Null

Deutsche Abenteuer

Deutsche Abenteuer? Gibt es so etwas? Wolfgang Büscher erzählt Geschichten, die er in den letzten Jahrzehnten in Ost und West erlebt hat. Wo es keiner sucht, entdeckt er das Profil des Landes, in Episoden, Glücks- und Unglücksfällen, in jenen Randnotizen der Geschichte, die unser Alltag sind. Büscher nähert sich den »drei Stunden Null« 1945, 1968 und 1989, beschreibt Berlin und seine Veränderungen, beobachtet den letzten Flug des Bombers »Betty Lou« und trifft die in skurrile Geschäfte verwickelte »transsylvanische Sophie«. So ist ein Geschichts- und Generationsbuch entstanden, geschrieben in der Art Bruce Chatwins, als Erkundung des eigenen Landes und als Éducation sentimentale.

»Wenn die Meinungen sich überschlagen, hilft nur noch eines: genau hinsehen und deutlich fühlen – wie es Wolfgang Büscher tut.«
Matthias Greffrath

Umschlaggestaltung: Ott + Stein, Berlin
Umschlagreproduktion: CitySatz & Nagel, Berlin
Buchgestaltung: sans serif · Lisa Neuhalfen, Berlin
Druck und Bindung: Clausen & Bosse, Leck
Printed in Germany 1998
ISBN 3-8286-0021-2